きりきり舞い

諸田玲子

KOBUNSHA

光 文 社

目次

『きりきり舞い』の舞台
北
石原
天王町
御蔵
隅田川
柳原
御竹蔵
和泉橋
神田川
浅草橋
御蔵
柳原通
浅草御門
柳橋
本所
両国廣小路
馬場
両国橋
国回向院
豊山
馬喰町二丁目
（錦森堂）
門前町
松坂町一丁目
松坂町二丁目
亀沢町
（葛飾北斎の建てた家）
通油町
（十返舎一九の家）
尾上町
（勘弥姐さんの稽古場）
通油町
稲荷
日本橋室町
日本橋
森下町
新大橋
松島町
大工町
江戸橋
南茅場町
深川
仙台堀
八丁堀組屋敷
北新堀町
材木町
永代橋
亀久橋
南新堀町
亀久町
（お栄の母・おことの家）
霊岸島
永代寺
熊井町
中島町
富岡八幡宮
大島町
越中島調練場
石川島

きりきり舞い

扉挿画／村上　豊
扉デザイン／泉沢光雄

奇人がいっぱい

一

隅田川に架かる両国橋は、長さ九十六間（百七十余メートル）の木製の橋である。駕籠《かご》や荷車がゆったりすれちがえるほど道幅もあり、早朝から宵のうちまで、年がら年中、人が行き交っている。

東側は本所・深川で、橋の西側は神田・日本橋、橋詰の一帯は広小路。およばぬものの、茶屋・食べ物屋・見世物小屋など、川岸には、広小路のにぎわいには立ち並んでいた。そもそもが火除《よ》け地なので、夜になればよしず張りの見世がびっしり簀《す》の子《こ》や床几《しょうぎ》は重ねられて、元の空き地に戻る。つまりはひと夜の夢……ならぬ日毎の夢、というところ。

夢なら覚めないで――。

舞《まい》は胸のうちでつぶやいた。

惚れっぽいのは父ゆずり。移り気なのも父ゆずり。ついでに見目のよいのも父ゆずりで、

「よォ、小町娘ッ。いつ見ても別嬪《べっぴん》だねェ」

などとおだてられているうちに、いつのまにか十八になってしまった。つまらぬ男と所帯を持って苦労をしょい込むのはまっぴらごめん、といって嫁《い》き遅れもシャクの種。帯に短し襷《たすき》に長し、と思いあぐねているときもとき、兼吉《かねきち》に出会った。

兼吉は、回向院《えこういん》の門前町で仏具を商う尾張屋の跡取り息子である。

秋晴れの空に鰯雲《いわしぐも》が浮かぶ午後、舞は両国橋へ向かっていた。

踊りの出稽古の手伝いを終えたばかりだ。この日にかぎって、師匠の勘弥《かんや》姐《ねえ》さんにそそくさといとまを告げた。

「すみません。お父《と》っつぁんが家にいるものだから……」

「あれま、そりゃたいへんだ。急いでお帰り」

逢い引きのためなら嘘も方便である。

橋の手前を北へ折れた。

片手には教本や扇の入った風呂敷包みを抱えている。砂埃をよけるふりをして片袖で顔を隠しても、通りすがりの男たちの色めいたまなざしが追いかけてくる。幼

い頃から踊りできたえた身のこなしはしなやかで、縞木綿《しまもめん》の裾から覗《のぞ》く蹴出《けだ》しもなまめかしい。

とはいえ舞は、なよなよもしていなければ、楚々《そそ》ともしていなかった。やさしげな顔だちそのままにやさしくなんぞしていたら、生き馬の目をぬくお江戸では暮らせない。勝ち気と負けず嫌いは、読み書きを習うより先に身につけている。

これは父の感化によるものだ。

舞の父親は、常軌を逸する、どころか、はなから常軌とは縁のない男だった。一見、馬鹿正直に見えて、その実は大法螺《おおぼら》吹き。堅物のようで遊び人。酒が入ろうものなら、やることなすこと破天荒である。自他共に認める奇人の娘は、はねっかえりにならざるを得ない。

場末まで来ると、さすがに人の姿はまばらになった。

秋風がたつ頃まで大盛況だったという大女の見世物はすでに終わり、そのあと小屋掛けをしたろくろ首は、ちゃちな仕かけがそっぽを向かれて閑古鳥が啼いている。小屋の入り口では呼び込み役の小僧がいねむりをしていた。隣の見世物小屋にも客はなく、そのまた隣の辻講釈では、老人が二人、つまらなそうに耳をかたむけている。

いちばん端にある茶屋の前で、舞は足を止めた。

客はひと組しかいない。田舎者らしい三人づれである。

よしずの陰に腰を下ろした。兼吉はまだ来ていない。

いつどこそこの茶屋で……耳打ちをされて以来、舞は雲の上を歩いているような心地だった。兼吉は二十二、色白細面の女形《おやま》にしたいような若者で、町娘のあこがれの的である。尾張屋は台所も豊かだと聞く。

そろそろ年貢の納めどきかもしれない。いつまでも小町娘ではいられない。いい気になっているうちに嫁き遅れては一大事……。近頃、舞は足下から砂がひいてゆくような不安を感じはじめていた。兼吉のことはまだよく知らないが、ひと目見た瞬間、胸がざわめいた。それこそ前世からの縁《えにし》にちがいない。

とはいうものの――。

麦湯を飲みながら眉をひそめた。

あれはいや、これもだめと、選《よ》り好《ごの》みをしてきた。が、すべてがすべてそうだったわけではない。少しでも関心を示そうものなら、決まって父が難癖をつけた。先まわりをしてぶちこわしたことも一度ならず。

お父っつぁんたらさ、わからずやなんだから――。

頰をふくらませたとき、駆けて来る人影が見えた。

腰を浮かせようとして思いとどまる。軽々しく見られぬよう、舞はすいと背すじを伸ばした。

「すまねえ。待たせちまったな」

兼吉は舞の隣に腰を下ろした。鼻の頭に季節はずれの汗を浮かべている。それでも色男は涼しげだ。

「あたしもたった今、来たとこ」

つい強がりを言ってしまうのも、父親ゆずりのあまのじゃくである。舞は腰をずらして、一人分ほど間を空けた。

「出がけに大事な客が来ちまったもんだから」

ごめんよ、と、兼吉は頭を下げる。下げ方が板についているので、舞は思わず見《み》惚《ほ》れた。ほんとうの役者みたいだ。

二人は出稽古の際に知り合った。

ここ数年、武士も町人も、男も女も、猫も杓子も、音山や踊りを習う者が増えつづけている。祭や宴会で披露をするために稽古をつけてもらおうと、町内の有志が集まって師匠を招くこともしばしばだった。藤間流の名取りの勘弥姐さんは大忙しで、愛弟子の舞もそのたびに駆り出される。若い娘がいるほうが座も華やぐし、ことに舞のような別嬪なら人寄せになる。

麦湯を運んできた婆さんがひっこむのを待って、兼吉は、またもや芝居がかった仕草で舞のほうへ体を向けた。

「呼び出してすまなかったな。どうしても、二人っきりで話したかったものだから」

「いいわよ。どうせ帰り道だもの」

舞はわざとそっけなく言い返した。

兼吉はぞくりとするほど艶《なま》めかしいまなざしで、舞を見つめている。

舞は頬を染め、目を伏せた。次の言葉を待ったものの、兼吉は口を開かない。じらすつもりか。

顔をあげて左右を見まわした。先客はもういないが、婆さんが聞き耳を立てている。

「話って……なァに」

水を向けた。せっかちなのも父ゆずりだ。

兼吉は瞬《まばた》きをした。かなたに目を向け、形のよい眉をうごめかせる。

「他でもねえや。おれたちの、ことさ」

「おれたちのことって……」

舞はごくりと唾を呑みこんだ。

「はじめて逢ったときから、おれはおめえにぞっこんだった。おめえだっておいらを好いてくれてるはずだ。だから夫婦になってはもらえねえかと……」

胸のうちでは快哉《かいさい》を叫びながらも首を横に振る。

「そんなァ……」

「だめかい」

「いえッ。いえ……だめってわけじゃないけど、急に言われたって……」

二つ返事で飛びつきたいところを、ぐっとがまんする。はしたない女だと思われたくない。

「おれが、嫌いか」

「まさかッ。けど……だけど……お父っつぁんがなんて言うか……」

そのことなんだ、と、兼吉は身を乗り出した。

「聞いたよ、親父さんのことなら」

「だれに……」

「お師匠さ。たまげたぜ、そんなにすげえお人だとは知らなかった」

「すごくなんかないわ」

「いいや、お江戸中探したって知らぬ者はない。そうともさ。書けばなんでも大当たり。売れに売れて止まらない。なんてったって、あの膝栗毛の生みの親……」

目をかがやかせているところを見ると、戯作者《げさくしゃ》をお大尽と思い込んでいるのか。

当人についての噂までは耳に届いていないようだ。兼吉の家は両国橋の東側で、舞の家は西側、本所の回向院の門前町と日本橋の通油町《とおりあぶらちょう》は近いようで遠い。

「どうせわかることとね。お父っつぁんは駿河屋藤兵衛《するがやとうべえ》……」

「またの名を十返舎一九《じっぺんしゃいっく》先生」

「飲んだくれの与七《よしち》って呼ぶ人もいるけど」

舞は首をすくめた。

そのとおり。舞の父は駿河屋藤兵衛、通称・与七、本名・重田貞一《しげたさだかず》、戯作者の十返舎一九である。十三年前、舞が五つのときに『東海道中膝栗毛《とうかいどうちゅうひざくりげ》』を書き上げ、一躍、名が知れ渡った。大当たりに気をよくして、今日まで、延々と続篇を書きつづけている。目下、十二篇二十五冊。本人はこれで終わりだと言っているが、得意の出まかせかもしれない。

弥次郎兵衛と喜多八の膝栗毛とは別に、千久良坊と鼻毛延高の旅模様を描いた『金草鞋《かねのわらじ》』も十年近く書きつづけていた。他にも黄表紙、読本《よみほん》、滑稽本、洒落本、人情本などなどなど、すさまじい勢いで書きまくっている。

そんなに書けば稼ぎもたっぷりあるはずだと、万人が思うのは当然である。が、舞の家はいつも銭に窮していた。右から左へ飲み代に化けてしまうからである。

実際、幼い頃から舞が目にしてきた父は、酒を飲んでいるか、怒鳴っているか、むっつり黙りこくって文机《ふづくえ》に向かっているか。それも家にいれば……で、たいがいは取材の旅へ出ている。取材という名目で、吉原や岡場所やどこかの女の家に入りびたっていることもままあるらしい。戯作者とは、なんと都合のよい仕事か。

ちなみに言えば、物を書くだけで曲がりなりにも食べているのは、お江戸広しといえども舞の父しかいないとか。

父が横やりを入れるのではないかという心配もさることながら、あの父に会ったら兼吉がどんな顔をするか、舞は頭を抱えた。

そんなこととは知るよしもなく、

「こいつはすげえや。おいら、当世きっての大先生の身内になれるんだな」

などと、兼吉は無邪気に喜んでいる。

「ともかく、お父っつぁんに話してみなけりゃ。首尾よくいったら、だれか人を立てて……」

「おう、早速、こっちも親父に話して、先生んとこへ挨拶に行かねえとな。今度という今度は本気も本気、おいらも大真面目さ。ええと、家は通油町の……」

「だめッ、だめだめだめッ。それはまだ……まだ、話したあとにしてちょうだい」

舞は両手を泳がせた。

舞の家は、人気作者の家とはどう見ても思えぬほど粗末な家だった。広さだけはある。が、黴《かび》くさく酒くさい。古ぼけた借家を思い浮かべて、舞は身ぶるいをした。あんな家を見せたら、せっかくの恋も冷めてしまう。

「ね、ね、あんまり急じゃ、お父っつぁんもびっくりするから……」

家へは来ないでくれと懇願すると、兼吉もしぶしぶながらうなずいた。

「わかった、わかったってばよ。けど、そんなには待てねえよ。おいらの気持ち、わかってくれるだろ」

片手を伸ばし、風呂敷包みの上に置いた舞の手をにぎろうとする。と、そのとき、婆さんがくしゃみをした。

舞はさっと腰を上げる。

「もう、行かないと……」

「はいはい、わかりやした。けどこの話、うちの親父に話していいんだね。え、いいんだろ」

兼吉のような色男に惚れられて、あらがえる女がいようか。

「そんならあたし……」

「ああ。先に行きな。他人《ひと》に見られちゃ厄介だ」

後ろ髪をひかれながらも舞は茶屋を出た。

上気した頬に手をやり、熱い息をつく。

あたしもいよいよお内儀《かみ》さんか――。

いつもはただ長いだけの両国橋が、この日は七色の虹の橋に思えた。

二

舞の家は、通油町の、地本《じほん》会所の敷地内にある。両隣が会所と朝日稲荷で、裏手はごみごみした六兵衛《ろくべえ》店《だな》。地本会所とは、本の問屋が寄合をしたり、新本の検査をしたりするところだ。

この借家へ移る前は、棟割長屋《むねわりながや》を転々としていた。それより以前、子ができる前の父は、入り婿になっては追い出されるという暮らしを性懲りもなくくり返していたらしい。三人目の女房が舞と兄・市次郎《いちじろう》の母の民《たみ》で、舞を産んでまもなく病死してしまった。喪が明けないうちに、一九は十九も若い今の女房、えつを娶《めと》り……というより、出会ったその日に、幼子と赤子をつれてえつの家に転がり込んだ。ところが運わるく火事で焼け出され、以後、長屋を転々とするはめになったのである。

地本会所の留守居という名目で、会所の敷地内の二階建ての家を借りることができたのは、『東海道中膝栗毛』の版元・西村永寿堂の口ききだった。腰を落ち着けて続篇に取り組んでもらおうとの魂胆だろう。一階に三間、二階に二間、台所と土間のついた借家は、根無し草の一家には江戸城にも匹敵するほどのありがたい住まいだった。当初は幸運を喜び合ったものである。

あれから十三年。

もともとが安普請だったのか、家はガタがきていた。雨もりやすきま風なら修理をすればよい。が、まとまった銭がない。

長持や箪笥のたぐいも、新しいものが運び込まれるかと思えば、質屋がやってきてごっそり持ち去るといったくり返し。風呂桶まで質草にされたときは、さすがにえつが泣きついて取り戻してきた。えつももう、たいがいのことには匙《さじ》を投げている。

「いいかい。色男には用心おしよ」

舞は継母から、耳に胼胝《たこ》ができるほど聞かされてきた。

五十八になった一九にはもう女をたぶらかす気力はなさそうだが、老いてもなお、美男であることに変わりはない。堂々たる体格と整った目鼻は、たとえぼさぼさの髪に色あせた単衣《ひとえ》を着ていても、どことなく育ちの良さをうかがわせる。

「先生はお武家の出だと聞いたぜ」

そんな噂も何度か耳にした。駿河の生まれということだけは、駿河屋と屋号をつけているからわかるが、生い立ちを知る者はいない。女房のえつでさえ、なにも聞かされていないという。

お父っつぁん、何者かしら――。

謎だらけの男だった。

兼吉から夫婦になろうと言われた舞は、道々、思案にくれた。両国橋を渡りきる頃には動悸も鎮まり、七色の夢も空のかなたに消えて、父にどう切り出すか、そのことだけが頭を占めている。

「やァ、お嬢さんじゃござんせんか」

広小路をぬけ、通油町へつづく大通りを歩いていると、後ろで聞き慣れた声がした。

「おや、森屋《もりや》さん……」

福々しい顔に愛想笑いを浮かべている男は、地本問屋のひとつ、錦森堂《きんしんどう》の森屋治《じ》兵衛《へえ》である。愛想はいいが、これがおどろくほど強引な男だった。『金草鞋』をはじめるときなど、連日の膝詰め談判で、偏屈な一九を根負けさせたのだから並ではない。

「踊りのお稽古で……」

治兵衛は風呂敷包みに目を向けた。

「ま、そんなとこ」

「やっぱり、なんでがんしょうな。先生はお嬢さんをずっと手元に置いて、嫁にはやらぬおつもりで……。どうりでこれだけは銭をかけるわけでがんすよ」

「どういうことッ」

舞はきっと眉をつり上げた。

「お父っつぁん、そんなこと言ってるの」

「は、はい……まァ、そんなようなことを……」

突然、雲行きが変わったので、治兵衛はへどもどする。

「なんて言ったのよ、お父っつぁん」

「小さい頃から、なけなしの銭をふりしぼって踊りを習わせたのは、余所《よそ》の家にくれてやるためじゃない……と、ま、そんなようなことを……」

「なにさ、あの因業《いんごう》親父ッ」

ときがときだけに、平静ではいられなかった。

まァまァまァと、治兵衛はなだめる。

「ああいう親を持つと、子供は苦労します。早々と奉公に出されて、坊ちゃんはかえって運がよかったのかもしれませんな」

兄の市次郎は、父から戯作者にはしないと決めつけられて、十二のとき奉公に出された。といっても勝手知ったる永寿堂だから気楽なものである。今や手代として、いっぱしにやっている。

「あたしだってね、いつまでもお父っつぁんの面倒みちゃいられないわ」

「そうはおっしゃいますがお嬢さん、おなじ奇人でも、一九先生は北斎《ほくさい》先生よりましでがんすよ。あの先生の気まぐれは群をぬいております。あれじゃ、ご家族もお気の毒……おっと、そうそう、北斎先生のお嬢さんは、ご亭主とまた派手な喧嘩をやらかして家を飛び出したそうで……」

治兵衛は地獄耳である。とりわけ本屋や戯作者、絵師の噂にくわしい。

葛飾《かつしか》北斎は当代きっての浮世絵師だが、若い頃は一九ともども蔦屋《つたや》重三郎《じゆうざぶろう》という地本問屋のところで働いていた。いわば旧《ふる》なじみである。

「お嬢さんていうと、お栄《えい》さん……」

北斎には一男三女があった。舞がつきあっているのは、いちばん歳の近い末娘のお栄である。

「わたくしどもは応為《おうい》さんと呼んでますがね」

治兵衛はくすくす笑った。

お栄も絵を描いている。応為は雅号で、父と娘が「おーい」と呼び合っていることからつけたのだとか。北斎も北斎ならお栄もお栄、これがまた、とびきりの奇人である。

「ふうん。やっぱりねえ……」

舞は、お栄とその亭主、南沢等明《みなみさわとうめい》の顔を思い浮かべた。

お栄は二十四で、舞より六つ年上である。子供の頃、地本会所にあずけられていたことがあり、よく遊んでもらった。正しく言えば、お栄は黙って絵を描いているだけ、舞はあきずに眺めているだけ、という二人だったが……。子供心にも自分たちの父親が常の父親とはちがうと感じていたのだろう、同病相憐れむ心境か。二人はその後も姉妹のような親しみを持ちつづけ、今もときおり行き来をしている。

もっとも、二人を見て姉妹とまちがえる者はいない。お栄と舞はなににつけても正反対だった。

舞はすらりとしているが、お栄は小柄で堅肥りだ。舞はちゃきちゃきとものを言うのに、お栄は口が重かった。なにを考えているのかわからない。そのくせ、いったん口を開けば舌鋒鋭く、ぐさりと相手の胸をえぐる。観察眼に優れているのは絵師ならではだ。そのわりに自分がどう見えるかということには無頓着で、化粧気もなければ洒落気もない。

なにより、舞は評判の美人だが、お栄はお義理にも美人とは言えなかった。北斎はお栄を「アゴ」と呼んでいる。あごが四角いからだ。おまけに目が細くて鼻が丸い。

大方の予想通り、お栄は嫁き遅れた。ところが昨年、大方の予想を裏切って結婚した。相手はやはり新進気鋭の絵師である。

そのときのことは、舞もはっきり覚えている。まるで明日の天気の話でもするようにそっけなく、お栄から「嫁にいく」と打ち明けられた。舞は一瞬、自分の耳がおかしくなったかと思った。

お栄さんがお嫁にいく、お栄さんが——。

舞のほうが歳が下だから、先を越されるのは当たり前である。が、そうは考えなかった。お栄でも……お栄でさえ、花嫁になるというのだ。負けず嫌いの舞が、それまでの選り好みを反省して「あたしもお嫁にいかなくては……」と思うようになったのは、お栄の結婚によるところが大きい。

「で、どうしたの、お栄さん」

「おっ母《か》さんになだめすかされて、とりあえずは婚家へ帰ったそうで……」

お栄の母のおことは後妻で、深川亀久町《かめひさちょう》の二階家に住んでいる。

北斎は護国寺の境内で百二十畳の白紙に大達磨を描いて人気を博し、押しも押されもせぬ大絵師になったあと、本所の亀沢町に家を新築した。が、自身はほとんどそこにはいない。次から次に引っ越して、気ままな独り暮らしをつづけながら絵を描きまくっている。そこでおことは、縁者のいる亀久町へ移ってしまった。亀久町と亀沢町、なにかとややこしい。

それはともかく、一九といい北斎といい……。

舞はため息をついた。

「お栄さんも気の毒に」

「お嬢さんも早まらないほうがようがすよ。よくよく相手を見きわめないと……」

治兵衛は、舞のため息の意味を取りちがえたようだった。

亭主なら取り替えられる。が、父親はそうはいかない。舞の悩みの種は父だと教えてやろうかと思ったが、そのひまはなかった。会所の前へ来ている。

「あとで、ちょいとお寄りしますよ」

治兵衛は目くばせをした。一九に声をかける前に、きげんの良し悪しを教えてくれというのだろう。さげんがわるいときに当たると、さんざんな目にあう。

「それじゃ」

「へい、のちほど」

二人は会釈をして別れた。

三

一九は上きげんだった。

つまり、すでにしこたま大酒を飲んでいる、ということだ。

ふだんはむっつりしているのに、大酒を飲むと上きげんになる。ときには反対に、手がつけられないほど怒り狂う。どちらになるか、わからぬところが始末に悪い。

父の笑い声を聞いて、舞は胸をなでおろした。同時に首をかしげる。笑うとは、めったにないことである。

「どうしたの」

台所で酒肴《しゅこう》の仕度をしている継母に訊《たず》ねた。

「お客が来てるんだよ」

えつは土間に目を向けた。

大ぶりの甲掛け草鞋が脱ぎ捨てられている。客人は遠くからやって来たらしい。

「おっ母さんの知ってる人……」

「いいや、はじめて見る顔だねえ」

歳はまちがいのないところで二十代。風体からして浪人か。一九とは知友のようで、はじめからうちとけていたという。

「これ持って、挨拶しといで」

酒肴の皿をのせた膳をかかげて、舞は茶の間へおもむいた。

挨拶をして顔を上げる。

大きな男だった。一九も長身だが、年老いて痩せたせいか、男と向き合っていると貧相に見える。えつは浪人のようだと言ったが、たしかに男にはただ者らしからぬ気配があった。双眸《そうぼう》に強い光がある。

男は一九の小咄《こばなし》に腹をよじって笑っていた。眼光の鋭さとはうらはらに、すっかりくつろいで、おどけているようだ。

「娘の舞だ」

これ以上、はしょれないほど簡潔に、一九は娘を紹介した。

男は舞に人なつこい笑顔を向けた。

「ほう、これがご自慢の娘御か。なるほどなるほど、よう似ておられる」

探るような目になったのは、なにかを思い出そうとしているのか。

むろん、父娘が似ていると言ったのだろう。だが、舞はそうではないような気がした。死んだ母親を知っているのか。それとも他にだれか……。

「今井尚武《いまいしょうぶ》と申す。駿河から参った。よろしゅうたのむ」

こちらも簡潔な挨拶である。

一九は駿河の産だった。遠縁にでもあたるのか。それとも取材で駿河へ立ち寄った際に出会ったのか。

にわかに好奇心が頭をもたげた。

「今井さまは、お武家さまにございましょ」

名字がある。言葉づかいも堅苦しい。

尚武はあっさりうなずいた。

「今は浪々の身だが……」

「しょうぶさま、とは、お珍しゅうございますね」

「勝負に強い子に育つよう、親がつけたのだ」

はっはっは、と尚武は笑った。

「今井さまは会所にお泊まりだ。お世話をするよう、えつに言うておけ」

一九が話に割り込んだ。

「今井さまはおやめくだされ。弟子にしていただくつもりで出て参ったゆえ」

「おう、そうじゃったのう。尚武どのは今日より我が弟子じゃ」

「書くのは得手にござる。おまかせあれ。もしやお目に適《かの》うたれば、こちらのお美しき娘御を娶《めと》って、ぜひとも先生の跡継ぎにしていただきとうござる」

いくら酔っているとはいえ、勝手な話である。その勝手な話に、酔っぱらった一九もうんうんとうなずいている。

「心得た。持参金代わりに風呂桶をくれてやる」

「お父っつぁんッ」

舞は抗議の声を上げた。兼吉と夫婦約束をしたばかりだ。どこの馬の骨とも知れぬ、大酒飲みの浪人者とひっつけられてはいい迷惑である。

二人はもう、舞がそこにいることなど忘れたかのように酒をあおり、酒肴をつまみながら馬鹿話に興じていた。

酔っぱらいの戯言《ざれごと》に文句を言ってもはじまらない。舞は腰を浮かせた。いずれにせよ、これでは兼吉の話を持ち出すきっかけなどつかめそうにない。

まったく、類は友を呼ぶってのはほんとだわ――。

ぷりぷりしながら台所へ戻る。

父の言葉を伝えると、えつはこめかみを揉みほぐした。見るからに大酒飲みで大食漢の客を迎えて、これからのやりくりを案じているのだろう。

「そうかい、会所にねえ……。晩ごはん、なんにしようか」

「大根でもかじらせとけば」

「馬じゃないよ。お武家さまだよ」

お武家さまがなにさ——。

舞は胸の中で悪態をついた。

勘弥姐さんの弟子には武士が多い。旗本の隠居や三男坊、四男坊といった手合いだが、ひまつぶしに踊りを習うといったいいかげんさが気に障る。出稽古に行けば行ったで、尊大な態度に辟易《へきえき》することもしばしばだった。とはいえ、勘弥姐さんにとっては大事な飯の種である。しかたなく舞も愛想をふりまいている。

半刻（一時間）ほどして、治兵衛がやってきた。

「先生は……」

「ほら、笑い声」

「へ、こいつはありがてえ」

ほくほく顔で上がり込んだ治兵衛は、苦笑と共に戻って来た。

尚武を会所の用心棒に雇うこと、跋文《ばつぶん》などの仕事を与えること、一九ともども吉原で歓迎の宴を催すこと……あれやこれや約束をさせられたという。

「ご存じのとおり会所は空っぽ、盗まれるもんなぞございません」

用心棒などいらない。が、『金草鞋』はまだ続行中である。となれば、一九のきげんをそこねるわけにはいかない。

「とんだ散財でがんすよ」

治兵衛はぼやきながら帰って行った。


一難去ってまた一難。

その夜、またもや、思いもかけない客がやって来た。

夕餉《ゆうげ》のあとかたづけをしようと、舞は裏庭にある井戸端へ出て行った。会所の井戸へは、裏の六兵衛店の人々も水を汲みにやって来る。

薄暮にまぎれて女がぼーっと突っ立っていた。裏長屋の女房のだれかか、と舞は思った。お竹さんか、お繁さんか、それとも、もしや幽霊……。

「お栄さんッ」

正体がわかるや、舞は大声をあげた。

お栄は振り向く。すねた子供のように、ぷっと唇を突き出した。

「どうしたの、こんなに遅く……」

「おん出てやったんだ」

「家を……」

「そうさ。あんなやつ、顔も見たくないッ」

それ以上の説明は不要だった。治兵衛から等明・お栄夫婦のいざこざについて聞かされたばかりだ。お栄は亭主と何度目かの喧嘩をして、婚家を飛び出したのだろう。

それはともかく、なぜ会所へやって来たのか。

「亀久町へは……」

「ああだこうだとうるさいから」

「それで、うちに……」

お栄は頭を下げた。

「そりゃいいけど……ご亭主、探してるんじゃないの」

「探すもんか。これまでだって、探したことなんかありゃしない」

婚家の人々がお栄は亀久町の実家へ帰ったと思っているのなら、とりあえず心配はない。どのみち亀久町は隅田川を越えた対岸だ。両国橋を渡って帰るにはもう遅い。

「おまんまは……」

「腹へこへこ」

「ふふ……そんなことだと思った」

お栄は煮炊きが苦手だった。掃除も洗濯も裁縫も、およそ女らしい仕事はまったくできない。お栄が嫁ぐと聞いたときの万人のおどろきには、いったい家事賄いはどうするのかという疑問が少なからず含まれていた。

幸い婚家の南沢家は裕福で、家事は女中にまかせていると聞く。それでも、絵筆を動かす以外、縦の物を横にもしない嫁には、舅姑《きゅうこ》もほとほと愛想が尽き果てているにちがいない。

「お栄さんの顔を見たら、お父っつぁん、喜ぶわよ」

舞はお栄をつれて台所へ戻った。

「ふうん、小父《おじ》さん、いるの」

お栄の顔がわずかながら明るくなった。

一九は、自分の上をゆく奇人、四歳年上の北斎を己の範にしている。その娘のお栄もかわいがっていた。北斎の娘だからというだけでなく、奇人同士、認め合うものがあるのだろう。

一九さえ異を唱えなければ、えつは亭主の言うなりだった。お栄を家へ泊めることにはなんの支障もない。

「さ、お食べなさいな」

冷や飯に残り物の菜を添えてやった。

尚武は思ったとおり大食漢である。が、えつが近所から米を借り集めて大量に炊いたので、飯はまだ残っていた。

お栄は黙々と箸を動かした。

「子供の頃、よく一緒におまんま食べたっけ。ねえ、行儀が悪い、こぼさずに食べなさい……なァんて、いっつもおっ母さんに叱られてさ……」

お栄が茶碗を突き出したので、舞はおかわりをよそってやった。

飯粒をこぼしこそしないが、お栄はあの頃とちっとも変わらない。生返事をするだけで、ひたすら飯をかきこんでいる。

舞は板間に座って、お栄の食べっぷりを眺めた。他人の目を気にしない人というのは、見ていて気持ちのよいものである。

「ね、お栄さん、今夜はあたしの部屋でさ、並んで寝ようよ。昔みたいに」

お栄ははじめて顔を上げた。にっと笑う。久々に見るお栄の笑顔は、めったに見られないだけに、舞を富くじに当たったような気分にしてくれた。

家の奥から、酔いつぶれた一九の大鼾《おおいびき》が聞こえる。ごそごそいう物音は、えつが亭主に夜着をかけようとしているのか。このときとばかり、えつは亭主に悪態をついている。

子供の頃に戻ったように、舞とお栄は忍び笑いをもらした。

四

今井尚武は、そのまま舞の家に居着いてしまった。夜は会所の床に夜具を持ち込んで寝るものの、あとはほとんど入りびたっている。早朝は隣の朝日稲荷の境内で刀を振りまわし、昼は書き物に専念、夕刻から一九と酒盛りをはじめて、ときおりつれだって出かけてゆく。

尚武は何者か。なんのために江戸へやって来たのか。父とどういうかかわりがあるのか。わからぬことだらけの奇っ怪な男である。

お栄も、当たり前の顔で居座っていた。

「家族に心配をかけちゃいけないよ」

えつに諭され、いったんは亀久町の実家へ帰ったものの、二日もたたずに戻って来た。舞の家のほうが居心地がよいらしい。おまけに今度は絵の道具を一式、担いできた。家中に紙を広げ、一心不乱に描きまくっている。

「これからどうするの、お栄さん」

「さァ」

「離縁するつもり……」

「さァねえ」

まるで他人事《ひとごと》である。

北斎はむろん、うんともすんとも言ってこなかった。もとより北斎がどこにいるか、お栄も、亀久町にいる女房のおことでさえ、つかみかねているとやら。

「近々引っ越すようなこと、言ってたっけ」

北斎の引っ越し魔はつとに知れ渡っている。

さらにさらに……。このところ一九も新作を執筆中だった。となると、自《おの》ずと腫れ物にさわるような緊迫感が家中にただよっている。広小路の見世物小屋ではないが、なにが飛び出すかわからぬ不穏な気配……とでも言おうか。

さながら奇人屋敷のごとき様相を呈しはじめた舞の家だが、舞自身はそれどころではなかった。兼吉との話がとどこおっている。

今日こそ話そう、明日こそきっと……思うたびに、なにかしらじゃまが入った。尚武やお栄が家にいることがまず、じゃまの最たるものなのだ。

こうしちゃいられない、今宵はなんとしても――。

兼吉も返事を待ちわびているはずである。

珍客を迎えて六日目の朝、舞は決意をかため、踊りの稽古に出かけて行った。

勘弥姐さんは数年前まで、隅田川西岸の橘町《たちばなちょう》の自宅で踊りを教えていた。今は両国橋を渡った尾上町《おのえちょう》に稽古場を構えている。本所界隈には武家屋敷が建ち並んでいて、出稽古にも都合がよい。

稽古を終え、いつものように挨拶をした。

「ねえ、ちょいとお待ちな。兼吉さんて知ってるだろ、門前町の仏具屋の……。昨日、あんたの家の場所を訊きに来たよ」

舞はどきりとした。

「前にもお父っつぁんのこと訊いてたけど……あんたに気があるんじゃないのかえ」

「そんなこと、ありませんよ」

あわてて帰ろうとすると、「いいからお待ち」と呼び止められた。

「兼吉はおよしよ。あの器量だから無理もないけど、いろいろと噂もあるようだし……女狂いは死ぬまで治らないっていうからね。ほら、あんたのお父っつぁんだって……」

勘弥姐さんが目くばせをしたときにはもう、舞は稽古場を飛び出していた。

もしや、兼吉はしびれを切らしたのではないか。直談判《じかだんぱん》をしようと、今頃は舞の家へ向かっている頃かもしれない。

両国橋は相も変わらず、人の群れが忙しげに行き交っていた。人混みをかきわけ、東から西へ小走りに急ぐ。橋の中ほどまで来たところで棒立ちになった。向こうからやって来るのは兼吉、後ろにつづくは兼吉の父親か。初老の男のかたわらに小僧が一人、従っている。

遠目で見ても、三人は怯《おび》えていた。いや、狼狽していた。いやいや、腹を立てているようにも見えた。少なくとも尋常でないことだけは明らかだ。

近くまで来ると、さらに恐ろしいことがわかった。

兼吉の目のまわりに、殴られたような痣《あざ》があった。髷《まげ》がゆがんで、着物もよれよれである。おまけにその着物には、ところどころ、墨の跳ねた跡がついていた。色男、カタなし。役者というより、今日は使い古しの木偶《でく》人形に見える。

舞に気づくや、兼吉は凍りついた。

口を開けたのは、話しかけようとしたのか。が、それも一瞬。兼吉が振り向いて初老の男になにか言うと、三人はそろいもそろって、まるで忌まわしいものを見るような目で舞を見た。次の瞬間にはいっせいに目をそらせ、逃げるように去ってゆく。

呼び止めるのも忘れて、舞は一行の後ろ姿を見送った。

いったい、なにがあったのか。

おおよその想像はついた。

兼吉父子は、縁談がとうにまとまったような気になって、喜び勇んで舞の家を訪ねたのだろう。人気戯作者の家とは思えぬ粗末なたたずまいにも、ろくな家具調度もなく酒の臭いがただよっている中の様子にも、次から次に現れる奇人や変人にも、息を呑んだにちがいない。きわめつきは父の一九。たまたまきげんのわるいときに当たってしまったのか。いや、自分の知らぬ縁談話を聞かされ、なれなれしい態度にいらついて、突如、怒りの発作におそわれたのではないか。

父は怒り狂う。

尚武は図に乗って、舞は自分の許嫁《いいなずけ》だとかなんとか父の加勢をする。

――そんな話は聞いとらん。出て行けッ。

――しかし、お嬢さんはご承知と……。

――しかしもかかしもあるかッ。娘はやらん。

――まァ、そう頭ごなしに……。一九先生らしくもない。

――らしくもない、だと。どういうことだ、らしくもないとは。

――先生は洒脱で物わかりがよいお人かと……。だいいち、かようなところにお住まいとは思いませんでした。まことに、膝栗毛の先生にございましょうか。

――うるさいッ。帰れ帰れ。帰らねばつまみ出すぞ。

――ちょ、ちょ、ちょいと、お待ちを。あ、あイタタタ。

加えて、お栄である。

お栄は描いたばかりの絵をめちゃめちゃにされて腹を立てたか、でなければ、おどろきのあまり墨のたっぷりのった筆をうっかり振りまわしたか。

そう、舞の眼裏《まなうら》には、広小路の見世物芝居よりすさまじい乱闘の一場が浮かんでいた。当たらずとも遠からずであるのはまちがいない。

しばらく呆然と突っ立っていた。

好奇の視線にさらされていることに気づいて歩き出す。

歩き出したときはもう、悟っていた。兼吉と夫婦になる話は隅田川の藻くずと消えてしまったのだと……どう逆立ちしても元へ戻りようがないことも……。

よほどあきれ果てたのだろう。兼吉は問いただしもしなければ、怒りをぶつけもしなかった。ただ顔をそむけ、歩み去った。対岸へ、橋の反対側へ、もう二度と出会うことのない場所へ……。

長い橋を渡り終える頃には、胸のざわめきも鎮まっていた。

勘弥姐さんはなんと言ったっけ。兼吉は女狂いだと……。女狂いは死ぬまで治らない。そう、そのとおり。そんなこと、今さらなぐさめにもならないけれど――。

広小路をぬける頃には、なんだかすべてが滑稽に思えてきた。

通油町へつづく大通りを、いっそ、さばさばした顔で歩く。

地本会所の前を通り過ぎた。

物心ついた頃から住み慣れた我が家は、主の一九同様、古ぼけてかしいでいる。

「いいさ、今にはじまったことじゃなし」

にが笑い半分、やけっぱち半分、舞は立てつけの悪い戸を力まかせに引き開けた。

五

「いつだってそう。昔っからずーっと」

両国橋の欄干に身を乗り出して、舞は隅田川にしかめ面をした。

八月晦日《みそか》で花火の季節が終わった。屋形船や屋根船の数はぐんと減って、川遊びの客目当てのうろうろ舟も姿を消した。秋の空を映した涼やかな川面を、猪牙舟《ちょきぶね》や荷方舟が水すましのように泳ぎまわっている。

「だいたいね、お父っつぁんて人はそうなんだ。肝心なときには居やしない。居てほしくないときには居る。で、なんでもかんでもぶちこわすんだもの」

愚痴を言ってもはじまらないのはわかっていた。済んだことをぐずぐず言うのも舞の性分ではない。とはいえ、一度くらい、だれかにうっぷんをぶちまければ、どうにも気持ちがおさまらなかった。聞き役なら、うってつけの人物がいる。似たような生い立ちで、似たような苦労を味わい、しかも、説教じみた差し出口など金輪際するはずのない女……そう、お栄だ。

お栄なら黙ってうなずき、共感のまなざしを向けてくれるものとばかり思っていたのだが——。

「あぶないよ」

ぼそりと言っただけで、聞いているのかいないのか、お栄はなめまわさんばかりに川岸の景色を眺めている。

「なに、見てるの」

「絵、親父の」

「ふうん」

お栄の父親は北斎だから、おびただしい数の絵を描いている。

「そういや、この川岸の景色ばかし描いたのがあったんじゃない」

「絵本隅田川」

「そうそう」

「……親父なんかッ」

突然、お栄の口から烈《はげ》しい語気がもれた。

舞はおどろいてお栄の横顔を見た。その目に憑かれたような色が浮かんでいる。

「お父っつぁんを見返してやろうってのね。いいなア、お栄さんは絵が描けて」

「舞だって」

「あァら、むりむりむり。お父っつぁんみたいな、あんなもん書けったって……」

「そうじゃないよ……踊り」

「え、ああ。踊りか。踊り、ねえ……」

荷車がぶつかりそうになった。

舞は身軽に避ける。お栄はぶざまにたたらを踏んだ。

その勢いを借りたのか、あのねえ……とお栄のほうから話しかけてきた。めったにないことだ。

「踊りはね、いいよ、女でも食える」

「師匠になろうってんならね」

「なれるよ、舞なら」

「うーん、どうかなァ」

兼吉と夫婦になっていたら、踊りはやめていたはずだ。兼吉と出会う前も、漠然とではあったが、遠からずやめることになるだろうと思っていた。よほどのお大尽でなければ、女房に踊りなど習わせない。もっとも、勘弥姐さんはふところの寒い若者に入れあげているようだから、稼ぎのわるい亭主を持てば、女が師匠になって食い扶持を稼ぐこともあるかもしれない。

お栄は舞の顔をじっと見つめている。

「そうだわね。この前もお父っつぁんに縁談、めちゃめちゃにされちゃったし……いっそのこと、お嫁になんかいかないで、勘弥姐さんみたいになろうかしら」

兼吉との縁談がこわれた一件は、ほぼ、舞の想像どおりだった。見立てがはずれたのは、仏具屋へ娘をやりたくない一九が、尚武に舞の許嫁ではなく亭主役をさせたことだ。怒った兼吉は向こう見ずにも尚武の胸ぐらをつかみ、あっけなく殴り飛ばされた。

そしてもうひとつ。お栄は腹を立てたのでも、うっかりしたのでもなく、つかつかと進み出て、いきなり兼吉に墨をひっかけたのだという。

――あいつと夫婦になったら泣かされる。だからおれが……。

顔を見てぴんときたと言うが、兼吉にとってはとんだ災難だった。

いつまでも橋の上で立ち話をしてはいられない。お栄は舞を目でうながし、東へ向かって歩を進めた。

「あのさ、亭主が言ったんだ、女の絵には潔さがない、どのみち女の絵じゃ売れないって……。だからおれも言ってやった。おまえこそ見かけだおしの物まね猿だ、これじゃ、いつまでたってもおれを超えられないよってね」

お栄の話は脈絡がない。唐突に変わる。むろん、お栄が自分たち夫婦の喧嘩の話をはじめたことは舞もすぐにわかった。なんにしろ、こんなふうに話をするのは珍しい。

「それで追い出されたのね」

「おん出たんだッ」

「はいはい。おん出たんだったわね。けど、たしかに女絵師ってのは聞かないね、踊りの師匠なら掃いて捨てるほどいるのに」

「だからさ、おやりよ。お嫁にいかなくたって食ってける」

「そりゃそうだけど……」

舞はため息をついた。

お栄は奇人……少なくとも変人である。幼い頃から絵にとり憑かれていた。お栄が結婚しなくても、だれもふしぎには思わない。が、舞はちがう。小町娘で通っているのだ。このまま独り身でいたら世間がなんと言うか。

橋の半ばで、舞はくるりと向きを変えた。お栄をうながして西へ歩きはじめる。

「お栄さんはね、自分が嫁いだから、そんなことが言えるんだ。やっぱりあたし、踊りの師匠なんてまっぴら。あたしもお嫁にいこうっと」

むきになって言うと、お栄は「そう」と気のない返事をした。

「尾張屋なんかよりもっと大店《おおだな》の……そうだ、お武家さまのご新造さまになってやる」

「ならあの人……」

「あの人って」

「今井尚武」

「よしてよッ。あんな気障者《きざもの》」

「小父さん、気に入ってるよ」

「似た者同士だからよ。あんな……あんないけずうずうしい……得体の知れない男、いや、いやいやいやいや。うるさく言うなら、あたしも家をおん出てやる」

舞が拳をにぎりしめると、お栄は頬をゆるめた。

「一緒に、行こうかな」

「そうしよッ、行こう行こう、一緒に暮らそ」

二人は橋のたもとに来ていた。

「帰ろうか……」

先にうながしたのはお栄である。

「……そうね」

舞もうなずいた。喧噪の先に、沈みかけた太陽がある。

毒々しいまでに朱《あか》い太陽をにらみ、お栄がぽつりとつぶいた。

「親父のやつ、どこにいるんだか」

「ねえ、お栄さん、知ってる。舞え舞えカタツムリ、奇人気まぐれきりきり舞い……ての」

なんのまじないか、死んだ生母の口癖だったという。嘘か真《まこと》か知らないが、それがゆえに、一九は娘に「舞」という名をつけたとやら。

「なに、それ」

「おまじない」

「なんの……」

「さァ……奇人除けじゃないの」

今やときすでに遅し、ではあったが――。

二人は声を合わせる。

「舞え舞えカタツムリ……」

「……奇人気まぐれきりきり舞い」

おどけた顔でくり返し唱えながら、舞とお栄は猥雑な広小路を突っ切って、通油町の家へ帰って行った。

ああ、大晦日！

一

目覚めるや、現実がよみがえった。

天井を見つめ、舞《まい》は嘆息する。豪雨ともなれば雨漏りに悩まされる天井の、安普請を嘆いたわけではない。

とうとう来てしまった——。

今日は大晦日。それも十八歳の……。ということは、明ければ十九。十九はすでに年増である。嫁き遅れ、嫁かず後家、番茶も出がらし……たった一日で女の評価はガタ落ちになる。

小町娘と褒めそやされ、縁談などよりどりみどり、あなたこうだと難癖をつけて鼻であしらっていた自分が、まさか、嫁き遅れになろうとは……。

隣の寝床から鼾が聞こえた。

舞はキッと横を向く。

明かり取りの窓から射し込む朝陽が、お栄《えい》の顔を照らしていた。あごの四角い不細工な顔だが、無心な寝顔は童女のようにあどけない。

舞より六つ年上のお栄は、父の葛飾北斎《かつしかほくさい》に勝るとも劣らぬ奇人である。ご面相は並以下だし、家事はまるでだめ、礼儀作法はめちゃくちゃ、言葉づかいは乱暴……と、とんでもない女だが、それでも南沢等明《みなみさわとうめい》という絵師の女房だった。

もっとも夫婦仲は良好とは言えない。何度目かの喧嘩で家を飛び出し、お栄は目下、舞の家に転がり込んでいる。

それにしたって、女房は女房なんだから——。

八つ当たりだとわかっていても、太平楽に眠っているお栄を眺めていると忌々しさがこみ上げる。なにはともあれ、お栄は嫁にいった。

お栄にできたことが、自分にできぬわけはない。といって、今日一日で相手を見つけるのは、いくらなんでも無理というものだろう。顔をしかめたとき、階段のきしむ音がした。

「ちょいと、いったいいつまで寝てるのさ」

継母のえつが敷居際で仁王立ちになる。こめかみに頭痛除けの飯粒を貼っているのでいかにも所帯やつれして見えた。

「いいかげんに起きとくれよ。今日はやることがいっぱいあるんだから」

大晦日はどこの家も忙しい。とりわけ舞の家は大わらわだ。掛け取りが押しかけてくるからだ。米、味噌、醤油、酒、油……江戸ではなんでも掛け……つまりツケで買う。大晦日になると、大福帳を片手に掛け取りが集金に来る。

銭のやりくりに駆けまわったところで完済できる額ではなかった。となれば、あとは逃げの一手だ。大晦日の鐘が鳴り終わるまでつづく丁々発止の攻防戦は、毎年恒例の行事である。

「もう、そんな時刻……」

「そんな時刻もこんな時刻もありゃしない。お天道さんに笑われるよ」

まったく、若い娘がそろいもそろって……えつはぶつくさ言いながら、階段を下りてゆく。十返舎一九《じっぺんしゃいっく》という厄介な男の四番目の女房となったばかりに、えつは無限大の苦労を背負い込んだ。人気絵師も戯作者も、家族にとっては、ありがたくもない職業である。

舞は身を起こした。十八歳最後の一日を無駄にするわけにはいかない。

「お栄さん、朝だよ」

お栄はくるりと背を向けた。起きるつもりはないらしい。居候の分際で厚かましいと思ったが、それでこそお栄だと思い直した。お栄は自分の腹時計で動いている。他人のことなどとんちゃくしない。

それならこっちも、うっちゃっておくだけだ。

身づくろいをして、階下へ下りる。

茶の間の片隅で、一九があぐらをかき、寝ぼけ眼で両手を動かしていた。当代人気の戯作者も、家族の目から見れば、無愛想、むら気、癇癪持ち、大酒飲みに女狂いと、どうしようもない親父である。

「お父っつぁん、指はどう」

一九は「うう……」と声を返した。素面《しらふ》のときは口が重い。

十三年前から書きつづけていた『東海道中膝栗毛』の続篇がこのほど完成した。それはよいが、寒さがきびしくなった頃から手指がしびれるようになった。いや、実際にはもっと以前から、変調の兆しがあったのかもしれない。浴びるように酒を飲む上に不摂生をつづけていたのだから。医者の診立てでは軽い中風《ちゅうふう》だという。

舞は家の裏手の井戸端へ出て顔を洗った。

朝の五つ（冬は午前八時頃）を過ぎているので、六兵衛店の人々はとうに朝餉のあとかたづけを終えている。井戸端にはだれもいなかった。

　江戸の朝は早い。灯油を惜しんで早寝早起きである。倹約などどこ吹く風、使い放題使い、そのくせ大晦日になると油屋から逃げまわるのは舞の家くらいのものだ。

　洗面を済ませ、家へ戻ろうとして足を止めた。井戸のかたわらの藪柑子《やぶこうじ》の根本に光るものが落ちていた。拾って眺めると、根付けの紐が切れて転がったものらしい。根付けとは印籠や財布に結びつける装身具である。

　なんの珠か。陽光に透かしてみる。薄い碧色《みどりいろ》のとろりとした石である。凝った細工からして高価なものだろう。六兵衛店の棟割長屋の住人には、どう見ても縁のなさそうな代物だった。

　舞一家は通油町の、地本会所の敷地内の借家に住んでいる。だだっ広いだけが取り柄の二階家だが、お栄やら、今井尚武《いまいしょうぶ》やら、居候にはその雑駁《ざっぱく》さも居心地がよいのか。秋口に転がり込んだ二人は、家人の迷惑も顧みず、いまだに長々と居座っていた。

　舞は隣の朝日稲荷を覗いた。エイッ、ヤァ……と声が聞こえている。

　今井尚武は駿河からやって来た。一九の知己だというが、得体の知れぬ浪人である。昨晩もふらりと出かけて行った。いつ帰ったのか、舞は知らない。体が鈍るからと欠かさず朝稽古をつづけているのもなにやら剣呑である。もしや……。

敵持《かたき》ちッ——。

自分の思いつきに及び腰になりながらも、思いきって声をかける。

「朝からご精が出ますねえ」

尚武は素振りの手を止め、眩しそうに舞を見返した。

「おう、舞どの。朝飯か、すぐ参る」

刀をおさめて、手拭いで汗を拭う。

「ちがいますよ。これ、井戸端で落としたんじゃないかと……」

手のひらに珠をのせて突き出した。

「いや。拙者、さようなものは持たぬ」

尚武は首をかしげている。

「あら、じゃ、だれが落としたのかしら」

一九はもとよりそんなしゃれっ気はない。井戸を使うのは舞の家族と居候、それに裏の六兵衛店の住人しかいなかった。

「だったら、あとで裏の人たちに訊いてみなくちゃ」

万にひとつ、ということもある。

「だれぞ、通りすがりに水を飲んだのやもしれぬぞ」

尚武はひょいと手を伸ばし、舞の手のひらから珠を取り上げた。止める間もなく、袖の中へ放り込む。

「拙者が調べてやろう、ところで、先生は起きられたか」

「え、ええ……」

「指の具合はどうじゃ」

「さあ、相変わらずむっつりで……」

「先生から頼まれておるのだ。なにやら会所へ運ぶゆえ、手伝うてくれ、と」

それなら……と、舞は忍び笑いをもらした。

「なにやらじゃなくて、一切合切ですよ」

「一切合切……」

「ええ。屛風も長持も文机も、風呂釜だって……」

尚武は目を丸くする。

「家の中に置いといたらね、掛け取りに持ってかれちまうもの」

「ははあ、なるほど」

「大晦日になるとお父っつぁん、家具をとっぱらって、壁に紙を貼っておくの。長持、屏風、井桁、行灯、それに襖まで絵に描いて……」

「ははは……絵なら持ってゆかれる心配もなし、か。うむ。たしかに会所に隠せば、掛け取りも手をつけられぬ。さすがは先生、聞きしに勝る知恵者だのう」

尚武は心底おかしそうに笑った。

笑っていられるのは、まだ掛け取りの凄まじさを知らぬからだ。どこまで払って、どこでおひき取り願うか……その交渉がむずかしい。近年は敵もさるものだった。簡単にはひき下がらない。裏長屋の連中など、大晦日はひたすら逃げまわる。ひと晩中、湯屋へ隠れて、出て来ない者もいる。のぼせて倒れた爺さんの話も聞こえていた。

「よし、拙者が追い払うてくれよう」

尚武は請け合った。浪人とはいえ、大柄で強面《こわもて》の武士がにらみをきかせていれば、しつこい掛け取りに悩まされる心配もなさそうである。

「では、お手並み拝見」

「おまかせあれ。舅どののためなら、ひと肌もふた肌も脱がねばならぬ」

「舅……」

「先生は、舞どのを我が嫁に、と言うてくださった」

「めっそうもないッ」

舞は眉をつり上げた。

「お父っつぁんときたら、いいかげんなことを……。あの大酒飲みがなんと言ったか知りませんけどね、あたしはまっぴらごめんですよ。お天道さんが西から昇ったって……お断りしますッ」

いくら十九になるからといって、素性も知れぬ居候の、大食いで大酒飲みの、いけずうずうしい浪人の女房になるなど思っただけでぞっとした。だいいち、尚武は武士を棄て、一九の後継者になりたがっているのだ。尚武と夫婦になるということは、ずっとこの家で、破天荒な戯作者の面倒をみることである。それでは、えつの二の舞ではないか。

舞はきびすを返した。なにを言っても尚武がいっこうにこたえないところも腹立たしい。にこにこしている男を置き去りにして、足どりも荒く家へ戻る。

戯作者の女房になんか、死んだってなるもんか――。

舞は大店のお内儀か、れっきとした武士のご新造さまになるつもりでいた。武家へ嫁ぐには、それなりの家の養女にならなければならない。が、この節、抜け道ならいくらでもあった。

ほんとうを言えば、武士は苦手である。けれど、小町娘がここまで歳を食ってしまった以上、だれからも玉の輿だとうらやましがられる家へ嫁ぎたい。せめてもの女の見栄である。

勝手口から台所へ入ると、えつが咎めるような目を向けてきた。煮炊きに奮闘している。

当代一の人気戯作者でも、内実はこのザマだった。どんなに本が売れても、作者には最初に取り決めた稿料しか入らない。稿料など知れたもの、片っ端から酒代や遊興代に化けてしまう。

「あーあ。掛け取りに悩まされない家に住みたいものだ」

舞は不平をもらした。

「愚痴を言いたいのはこっちだよ。さ、手伝っとくれ」

「お栄さんは……」

「まだ寝てるんじゃないかえ」

「あの寝坊助め、大晦日くらい、亭主んとこへ帰りゃいいのに」

「亭主も亭主だよ。探しにも来ないなんて」

舞とえつは、ひとしきりお栄の亭主をこきおろす。

「それより森屋《もりや》さんの話じゃ、小父さん、榿《はんのき》馬場《ばば》の家へ帰ってるって言ってたっけ……」

森屋とは一九の出版元のひとつ、地本問屋・錦森堂《きんしんどう》の主の森屋治兵衛《じへえ》である。舞が小父さんと言うのは北斎《ほくさい》。お栄の父親の天才絵師は驚くべき引っ越し魔で、一年の大半は居所が知れない。本所亀沢町の榿馬場には本宅と称する家があり、お栄が嫁ぐまでは父娘の仕事場になっていた。近年は空き家になったままで、お栄の母のおことは深川亀久町の小家に住んでいる。

「へえ、そうかい。なら、おことさんも正月は本所だね。お父っつぁんが帰ってると知ったら、お栄さんも実家へ帰るんじゃないかえ」

「さあ、どうかしら」

お栄は父の北斎を崇拝している。と同時に、しょっちゅう腹を立てていた。父娘の壮絶な喧嘩は近所の語り草で、おことが深川へ逃げ出してしまったのもそれが一因らしい。とはいえ、喧嘩するほど仲がよいともいうから、複雑な娘心は、舞には測りようがなかった。

舞が首をかしげたとき、みしりと音がした。階段をのろくさ下りる気配がする。寝くたれた顔がぬっと覗いた。

「ああ、腹へったァ。ねえ、ちょっと、おまんま、まァだ」

お栄は決して悪びれない。遠慮、という言葉とも縁がない。

本来なら、文句のひとつ、言い返してもよさそうなものだったが――。

「はいはい、もうできますよ」

えつが言った。

「顔、洗っておいでなさいよ」

舞も言う。こんなとき、なぜか、お栄のきげんをとってしまうのはいつものことだ。

母娘は顔を見合わせ、苦笑いをした。

二

「このとおり、頼みますよ先生、わたくしどもも台所が苦しゅうございます。払うものはお払いいただきませんと……」

米屋の番頭が両手を揉み合わせた。

「台所……」

一九は眉をひくつかせる。

「はい。実際、火の車で……」

「火の車　乗りしはけっく地獄にて　降りたるところがほんの極楽」

「お、膝栗毛の弥次郎兵衛の狂歌にござんすね。たしかあれは火の車ではなく、蓮台に、でしたが……」

「よう覚えておるの、感心感心」

「へへ、それはもう、先生の御作はすべて……」

「庄内屋さん、そんなことを喜んでいる場合ではありませんよ。なんとしてもちょうだいして参るようにと、わたくしは主から言われております。でないと帰るに帰れません」

酒屋の手代はぐいと詰め寄った。ところがその手代も、

「借銭をおふたる馬に乗り合わせ……」

と、一九が狂歌を仕掛けると、

「……ひんすりゃどんと落とされにけり」

つい、喜多八の狂歌で応えている。

「おう、見事。三河屋、おぬしを弟子にしてやる」

大食いや大酒飲みの居候がいるので、米代や酒代もかなりの額になっていた。とりっぱぐれてなるものかと、朝からもう掛け取りがやって来た。これでは逃げ出す暇も、家具を運び出す暇もない。

「先生の弟子などもったいなくてとてもとても。それよりお代を……」

「お払いになれぬとあらば、この長持か、あちらの風呂釜でもいただいて……」

「わかったわかった、算段するゆえ、出直して来い」

「とかなんとか、逃げようというおつもりでは……」

ごちゃごちゃやり合っているところへ、尚武が割って入った。

「逃げる、などとは、一九先生にご無礼であるぞ」

虎の威を借る狐のごとく、一九も態勢を立て直す。

「さよう、飯の最中に押しかけるとは無礼千万。あとにせい、あとに」

なんとか掛け取りを追い払いはしたものの、これではのんびり朝餉を食べてはいられなかった。

舞は早々と台所であとかたづけをはじめる。すると、えつが困り果てた顔でかたわらへやって来た。

「ねえ、なんとかもう少し、用立ててもらうわけにはいかないかねえ。このぶんじや、おさまりそうにないよ」

用立ててもらう相手といえば、地本問屋である。

「勘弥姐《かんやねえ》さんに扇を届けなきゃならないし……ここにいたってうるさいだけだし……いいわ、帰りに森屋さんへ寄って頼んでみる」

姐さんが年賀に配る扇は、お栄が絵つけをした。姐さん好みの鮮やかな梅花模様の扇は、なじみの扇屋が仕上げをして届けてきたばかりだ。

「お栄さんも実家へ帰るっていうから、本所まで一緒に行こうかな」

「そうおしよ。真っ昼間から辻斬りもなかろうけど」

大晦日の町はにぎわっている。置き引きやかっぱらい、人さらいなど、このときとばかり悪さをする者も数知れない。借金に追われて切羽詰まった者のしわざか、深夜になると辻斬りが出るとの物騒な噂も聞こえていた。

朝餉のかたづけを終え、舞はお栄とつれだって家を出た。

「小父さん、お栄さんの顔を見に帰ったんだ。お栄さんが婚家にいないと聞いて、檑馬場の家に戻ってると思ったんだわ」

「ちがうよ。掛け取りがうるさいから逃げて来たんだ」

「そんなことないって。首を長くして待ってるわよ、さっと」

「ふん、待ってなんかいるもんか」

道々交わす会話も相変わらずで、お栄の受け答えはそっけない。が、その顔は心なしか上気しているように見えた。

口では悪態をつき合っていても、北斎は末娘を愛《いとお》しんでいる。お栄も八方破れの老父をだれよりも慕っていた。お栄が亭主と上手くゆかないのは、もしかしたら、お栄の中の父北斎の存在が、あまりに大きすぎるからかもしれない。

あたしはちがう……と、舞は思った。父のために婚期を逃すつもりはない。

とにかく亭主を見つけなけりゃ——。

舞の視線は左右を行ったり来たりと落ち着かない。

二人は両国橋を渡った。橋の上にはおびただしい人が行き交っている。半分以上は男だ。それなのになぜ、これぞという相手が見つからぬのか。なにも五人、十人欲しいというのではない。たった一人でいいのに。

自分のことにかまけていたので、舞はお栄の問いかけを聞き損じた。

「あのさァ……あのね……ねえってば」

三度目でようやく目を向ける。

「あんたんちの浪人のことだけど……」

「今井尚武？　あいつがなにか……」

お栄はことあるたびに尚武の話をしたがる。舞にとっては語るにも足らぬ男だった。

「なんか、へん、だよ」

「そりゃへんさ。お父っつぁんの弟子だもの」

「そうじゃなくて……夜更けになると出かけてく」

「ああ、それなら、あたしもへんだと思ってた。どこでなにしてるのかしら」

「昨夜もいなかった」

「知ってる」

「先おとついの晩も」

「そうだったっけ……」

「その前の前の前の晩も」

「ふうん、よく知ってるわねえ」

尚武はほとんど舞の家にいるが、寝泊まりだけは会所である。

「あのさ、三晩とも、辻斬りがあった晩だよ」

お栄はさらりと言ったが、舞は息を呑んだ。

「そんなッ、まさか……。じゃ、あいつが辻斬りだって言うの？」

「知らないよ、そんなこと。おれはただ、へんだと言っただけ」

お栄はすたすたと歩いてゆく。

舞はもう、平静ではいられなかった。

尚武は一九の弟子になると言いながら、毎朝、剣の技を磨いている。なんのためか。

そういえばあの根付けも……。大店の主か大家の隠居が好みそうな代物だった。だれかが井戸端で落としたのはたしかだろう。だが、それはだれかの持ち物ではなく、だれかが盗んだものかもしれない。それも、力ずくで……。顔色こそ変えなかったが、尚武はあわてて取り上げてしまった。今、思えば、それも怪しい。

「ねえねえ、あいつが辻斬りだったら……もしそうなら、どうなるの」

「そのうち捕まるさ」

「逃げおおせたら……」

「舞の亭主になる、とか」

「やめてよッ。言うにことかいてッ」

「ま、辻斬りと決まったわけじゃなし」

自分から言い出しておきながら、お栄はあっさり話を終えようとしていた。舞が恨めしげにお栄の背中をにらみつけたときは、すでに東の橋詰に来ている。

勘弥姐さんの家は、橋を渡った尾上町の路地裏にあった。一階が稽古場、二階が住まい、小さいながらも粋な造りの家だ。

「あら、留守かしら」

大晦日だというのに、ひっそりしていた。

「掛け取りから逃げたか」

「お父っつぁんとはちがうわよ」

耳を澄ませると、階上で人の気配がした。ひそやかな声は、男女の睦言《むつごと》のようにも……。

「まずいとこへ来ちゃったみたい。ここへ置いてこ」

勘弥姉さんは若い男に首っ丈だと聞いている。扇の包みを玄関口へ置き、足音を忍ばせて出て行こうとしたところへ、「だァれ」と姐さんの声が聞こえた。

「あら、だれかと思ったら……」

頭痛で寝ていた、などと見え透いた言い訳をしながら、勘弥姐さんは忙しく髪をなでつけ、衣紋《えもん》を直している。

「間に合ってよかったわァ。お栄さんの絵、そりゃ評判がよくてねえ……」

扇の代金に駄賃まではずんでくれた姐さんは、もうひとつ、舞に一日早いお年玉を用意していた。

「まあ、あたしに……」

「そうなんだよ。どこで見初《みそ》めたか、どうしてもあんたに頼みたいってのさ」

「麴町の……お旗本……」

「そ。あまり丈夫じゃないっていうけれど、評判の美男子だそうでね、れっきとした跡取りの若殿さまだというから、ひょっとするとひょっとして玉の輿ってことだって……」

訪ねてきた家臣は、ぜひとも舞に藤間流の踊りだけでなく、若殿さまの遊芸の相手をしてほしい……と頼んだとか。

「松の内が明けたら、早速行かせるって返事をしといたよ。いいね、頼みますよ」

良いも悪いもなかった。夢のような話である。もちろん、今から玉の輿を期待するのは虫が良すぎる。が、見初められたのだから、おおいに脈ありである。

お旗本の美貌の若殿さま……おお！

光源氏を思い描いて、舞はうっとりとため息をついた。十八歳も今日が最後、今年中に亭主を見つけるのはとうてい無理……と、半ばあきらめ、それでもなおかすかな希《のぞ》みにすがっていた。ところがどうだろう。念願叶って、明るい兆しが見えてきた。

亀沢町へ行く前に、舞は回向院へ立ち寄って、本堂で両手を合わせた。やむなくつき合わされたお栄は、現金な舞の浮かれぶりにあきれ顔である。

「あのねえ……」

「言わないでッ」

「けどねえ……」

「いいのッ。これこそ千載一遇の好機ってもんだわ。来年こそ、いい年になる。玉の輿に乗ってみせるわ」

「女房なんて、ろくなもんじゃないよ」

「それは嫁いだ女の言う台詞《せりふ》。ほっといて」

橋のたもとからつづく大通りを西へ行く。しばらく行くと左手に馬場が見えてきた。目指す家は通りの右手で、馬場の後方には広大な御竹蔵がつづいている。

北斎の家は二階建ての一軒家だった。

「小父さんに会うの、久しぶりだわ」

北斎はむさくるしい、無愛想で偏屈な男だが、舞はこの老人が嫌いではなかった。奇人もここまでくると畏敬に値する。奇人道の弟子ともいえる一九も、北斎の奇矯ぶりに比べればまだまだひよっこだった。

北斎は、一九のように、難癖をつけて娘の縁談をつぶしたりはしない。お栄が等明と夫婦になると言ったときも、あっさりうなずいたと聞いている。もっともそれが、娘への関心の薄さととられ、お栄の反感を買ったとも聞く。

お栄は戸口の前で逡巡していた。足を踏み入れるや、落胆をあらわにする。

等明のもとへ嫁ぐ前、父娘が並んで絵を描いていた階下の板の間はがらんとして、人けがなかった。かつては反故紙《ほごがみ》や食い散らかした食べ物で足の踏み場もなく、腐臭と埃が充満していた。今は閑散として、足下から寒気が這い上がってくるようだ。北斎が帰っているなら、描きかけの絵で埋まっているはずだった。北斎・お栄父娘から絵を取り上げたらなにも残らない。

おことは台所にいた。

「おやまあ……帰ったのかい」

うれしそうに言い、舞には軽く会釈をする。無愛想な娘でも、いないよりはまし、と思っているのだろう。

「親父は……」

お栄は探るような目になった。

「帰って来たには来たんだけどねえ……また、どっかへ行っちまったよ」

お栄の憶測どおり、北斎は掛け取りから逃げるために浅草の借家を引き払い、おといつい帰って来たという。翌日、知らせを聞いたおことが駆けつけた。そこまではよかったが、おことからあれこれ話を聞いているうちに不きげんな顔になり、ぷらりと出かけてしまった。いったんは帰って来たようだが、おことは湯屋へ行ってて留守。近所の人々の話では、野犬と格闘でもしたようにみすぼらしい有り様だったとか。北斎はそのまま、画材道具を担いでどこかへ行ってしまったという。

「明日は正月だってのにねえ……」

「親父なんかッ」

「大晦日に引っ越しもないだろ。そのうち帰って来るよ」

「ふん、野垂れ死にゃいいんだ」

「ま、怒りなさんな。ともあれ、あんたが帰ってくれてよかったよ。遅ればせながら正月の仕度でもして、待ってみようじゃないか」

おことは娘をなだめた。

舞はいつも感心する。えつといい、おこといい、奇人の女房を長年やっていると人間ができてくるものらしい。自分なら、こんなに寛容にはなれない。お栄だってそうだろう。いくら慣れっこになっているとはいえ、女房や娘の気持ちを爪の先ほども考えない北斎には、愛想をつかして当然だった。

帰りしな、舞はお栄の耳を盗んで、おことに訊ねた。

「婚家からはなにか……」

おことは眉をひそめた。

「それがなんにも。嫁のことなんか忘れちまったのかねえ。消息を訊ねにも来ないと言ったら、ウチの人も腹を立ててたよ」

舞はそそくさと檻馬場の家を出た。これ以上、お栄の顔を見ているのはいたたまれない。強がってはいるものの、お栄は明らかに傷ついているようだった。婚家からも実父からも見棄てられたと思っているのだ。

大晦日じゃないか、小父さんだって今日くらい――。

大通りをひき返しながら、舞は胸のうちで北斎をなじった。自分が幸運の兆しをつかんだので、お栄を思いやる余裕ができたのである。

両国橋を渡った。

渡り終える頃にはもう、お栄のことなど忘れていた。

旗本の若殿さまとはどんなお人か――。

あれこれ思い描いて、胸をときめかせる。


森屋治兵衛の錦森堂は馬喰町《ばくろちょう》二丁目にあった。

馬喰町は舞の家のある通油町の北側だ。少々遠まわりにはなるものの、立ち寄らずに帰るわけにはいかない。掛け取りの攻勢をしのぐには、森屋に銭を用立ててもらうしかないのだ。

大晦日なので、錦森堂もざわついていた。小僧が店の掃除をしている。番頭や手代は掛け取りにまわっているという。

治兵衛は帳場に座っていた。舞を見るなり腰を浮かせようとしたのは、用件をいち早く察して逃げだそうとしたからだろう。一九には微々たる稿料しか払わず、ボロ儲けをしている。後ろめたさがあって当然だった。

「おや、これはお嬢さん、お珍しゅう」

腹を据えたのか、にこやかな笑みを浮かべる。

舞は窮状を訴えた。

「お嬢さんに泣きつかれてはお断りもできません」

治兵衛はもったいぶって、稿料の前貸しをしてくれた。

「昨日今日は、前借りを頼みに来るお人で大忙しでがんすよ。ま、どこもおなじ、となれば鉢合わせもいたしかたのないことで……」

意味ありげに目くばせをする。

「北斎先生の喧嘩騒ぎは、もうご存じでがんすか」

北斎と聞いて、舞はあわただしく先をうながした。

昨夕のことだという。やはり前借りを頼みに来たのか、北斎は通油町の蔦屋へ行こうとしていたらしい。道で娘婿の南沢等明とばったり出会った。

「先生はいきなり等明さんの胸ぐらをつかみ、てめえは娘に謝りにも来ないで知らん顔をしている、いったいどういうことかと吠え立てたそうで……」

「まあ、それで等明さんは……」

「お栄は勝手に出て行ったのだから、帰りたければ、自分から詫びを入れて帰って来るのが道理だと言い返されたそうでがんす」

それを聞いて、北斎は怒りを爆発させた。老いてなお意気軒昂である。等明を殴り飛ばした。

等明も、負けてはいなかった。小柄な若者が大柄な老人に食らいついてゆく。駆けつけた蔦屋の手代がひき分けるまで、二人は道端で揉み合っていたという。

「……てなわけで、等明さんが立ち去るのを、先生は仁王立ちになったまま、にらみつけていたと申します」

まわりの者たちが、ひきちぎれた袖やら財布やら散らばったものを拾い集め、北斎のふところに詰め込んで家へ帰した。

「そんなことがあったなんて……」

舞は心底おどろいた。

「北斎先生も、ああ見えて、お栄さんのことを心配しておられたんですな」

治兵衛の言うとおりだろう。もとより、素直に自分の気持ちを伝えるのが苦手な父娘である。北斎が年の瀬になって槌馬場の家へ帰ったのは、掛け取りのわずらわしさから逃れるためもあったにせよ、やはり、お栄の顔が見たかったからにちがいない。

それにしても、北斎はどこへ行ってしまったのか。

「小父さん、またどこかへ行ってしまったんだって。心当たり、ないかしら」

地獄耳の治兵衛なら、なにか聞いているかと思ったのだが……。

「さあねえ……ま、気まぐれな先生のことでがんす。正月になれば、ふらりと戻って来るんじゃござんせんかね」

お栄の寂しげな顔を思えば、そうあってほしいと願わずにはいられない。

舞は礼を述べ、錦森堂をあとにする。

奇人気まぐれきりきり舞い――。

おまじないを唱えながら、通油町の我が家へ帰って行った。

三

「もう……いったい、なんだってのよッ」

帰るなり、金切り声をあげた。

家中、人があふれている。

裏長屋のほとんど全員が顔をそろえていた。その他、見知った顔や見知らぬ顔は掛け取り連中か。他にも便乗組がまじっている。近所の者ならまだしも、通りすがりの縁もゆかりもない人々まで引っ張り込んだものらしい。

老人がいた。親子づれがいた。赤子が泣き叫び、幼い子供たちが歓声をあげて駆けまわっている。その中で大人たちは――。

「酔った、よたよた、五勺の酒で、一合飲んだら、またよかろ」

車座になった輪の真ん中に一九がいた。上きげんで、膝栗毛の中の戯《ざ》れ歌《うた》を披露している。つまり、すでにしこたま飲んでいる、ということだ。

飲む、食べる、しゃべる、踊る者あり、器を叩いて拍子をとる者あり。酔いつぶれて寝ている者もいる。だれもが好き勝手に騒いでいた。何人いるのか、見当もつかない。

「みんな、気でも狂《ふ》れちゃったの」

おどろくのはまだ早かった。

裏の土間を覗いた舞は仰天した。

「おう、お嬢さんか、世話になってるぜ」

「いやァ、いい湯だなァ、ありがてえなァ」

「ちょいと、早く代わっとくれよ、この子たちが寒がってるじゃないかえ」

「婆さん、そう急《せ》かすなって」

狭い風呂釜の中に裏長屋の住人が二人、棒手振《ぼてふ》りのやせっぽちと日雇いの大男が、はみ出さんばかり、湯につかっていた。かたわらでは孫を連れた婆さんが足踏みをしている。

「ここはねえ……」

湯屋じゃないんだよッ、と叫ぼうとして、舞は声を呑みこんだ。風呂釜の中の二人が、あまりに幸せそうな顔をしていたからである。

「どうだい、お嬢さんも」

「いえ、けっこう」

舞は台所へ逃げ込んだ。

さぞや頭を抱えていると思いきや、台所では継母のえつが片膝を立て、手酌で冷や酒をあおっていた。

「おっ母さんまでッ、どうしちゃったの」

おや、お帰り……と、えつは酔眼を向けた。

「どうしたもこうしたも、これじゃ、あたしだってさ、飲むしかないじゃないか」

「だけど……お酒を買うオアシはどうしたのよ」

掛け取りに払う銭がないから、錦森堂へ前借りに行ったのである。

おまえもお飲み、と、えつは盃を突き出した。

「おっ母さんってばッ。この酒代はどうしたのかと……」

「尚武さんさ」

「え？」

「だからね、尚武さんがどこかからか、調達してくれたんだよ」

「どこからかって……」

舞はぞくりとした。旗本の若殿さまやら、北斎の喧嘩騒ぎやら、それにこの大宴会におどろきあきれていたので、うっかり忘れていたものの……。

尚武はどこから酒代を調達したのか。駿河から一九を頼って出て来た浪人に、他につてはないはずである。となれば……辻斬り！

「どうしたんだい、顔色がわるいよ」

「わるくもなるわよ、この騒ぎじゃ」

舞は二階へ退散した。さすがに二階まで押しかける者はいない。まだ昼日中だったが、夜具を引きかぶって寝てしまった。


目覚めたときは黄昏時だった。

腹が鳴いている。それもそのはず、朝餉のあとは飲まず食わずである。

なにか食べよう――。

身を起こしたとたん、思い出した。昨夜の……ではない、真っ昼間の狂宴を。それにしてもなんという大晦日、十八歳最後の一日か。

階段を下りる。

先刻までの騒ぎは嘘のように静まりかえっていた。それでも悪夢でない証拠に、どこもかしこも荒れ放題だった。盃や酒瓶、食い物の残骸、鍋や蓑笠、草鞋まで転がっている。襖も屏風も倒れ、敷物は丸まり、畳にはこぼれた酒や汁がしみついていた。

むろん、人もいる。といっても、あらかたは帰ってしまったのか、酔いつぶれて寝ている人があっちに一人、こっちに一人……といった具合。

茶の間の隅に一九がいた。大きな体を丸めて鼾をかいている。

「お父っつぁんたら……」

風邪をひかぬよう、夜具を掛けてやった。

ふっと北斎を思う。世話のやける身勝手な父だが、この父にも北斎のように、娘を慈しむ心があるのだろうか。

舞が幼い頃の一九は正真正銘の色男で、女をとっかえひっかえしていた。家にいることはまれ、いても怖い顔で原稿を書いていたので、遊んでもらった記憶はあまりない。

　ただし、きげんがよいときの一九は愉快な男だった。長身の父に肩車をしてもらうと、舞は世の中のだれよりも偉くなったような気がしたものだ。

　年が明ければ、一九は五十九になる。奇人とはいえ、驚嘆すべき仕事人でもあった。これまで書いた本の数は凄まじい。膝栗毛だけでも本篇以外に十二篇二十五冊、その他、黄表紙や読本、滑稽本、人情本、合巻本など、都合四百を超える本を書きまくっている。並の人間にできることではなかった。奇人なればこその快挙、というべきか。

　その一九は今、中風を患っていた。遠からず書けなくなることを見越し、そうなれば皆が離れてゆくと案じて、さすがの奇人も心細くなった。だからこそ、乱痴気騒ぎをやらかしたのではないか。

　老病の忍び寄る足音に怯える父と、嫁《ゆ》き遅れになるまいと焦る娘――。

　舞はため息をついた。

　台所へ行き、食べ物を探す。大根のしっぽすらなかった。えつもいない。どこかで酔いつぶれているのだろう。

　とんだ大晦日だった。若い女が腹を空かせてうろつくなんてみっともないが、家に食べ物がないのだから、どこかで調達するしかない。広小路まで行かなくても、通油町には食べ物屋が並んでいた。幸い、錦森堂で前借りした銭がある。

外はもう薄暗かった。

舞は落ち込みそうになる心を励ました。明日から新たな年がはじまる。来年の今頃には、旗本家の若殿さまと夫婦になっているかもしれない。それが叶わぬ夢だとしても、側室か愛妾になって嫡男を産むこともできるのだ。そうすれば、少なくとも、贅沢な暮らしができる。

地本会所の敷地から通りへ出ようとしたときだった。

「舞どの……」

野太い声に呼び止められた。

この声は――。

ひゃあッと叫び、舞は両手を泳がせた。

「た、た、助けてッ、ああ、お願いだから斬らないでッ」

無我夢中だった。膝ががくがくして、頭の中が真っ白になる。

「おアシならここに……どうか、どうか命だけは……」

錦森堂から前借りした銭の包みを突き出した。その手もふるえている。

尚武は呆然としているようだった。なにも言わない。

舞は騒ぐ胸を鎮め、目の前の男を観察した。

大小の刀を腰に差してはいるが、尚武は抜刀していない。

「あのう……あたしを、斬る、つもりじゃ……」

尚武は目を瞬いた。

「斬る？　どういうことだ……」

「いえ、その、いきなり呼び止められたものだから……」

「辻斬りでも出たと思ったか」

尚武はからからと笑った。

「拙者を辻斬りとまちがえたようだの」

「まちがえた……」

「まあ、いたしかたない」

手を出せ、と言った。舞がまだ怯えているのを見て、おもむろに片手を伸ばし、包みを持っていないほうの手を取り上げる。

「ほれ、返しておこう」

舞の手のひらに珠をのせた。根付けの珠である。

「これは……」

「お栄さんに渡してくれ。あ、いや、お栄さんも迷惑やもしれぬの、亭主の落とし物など渡されても……」

舞は目をみはった。

「なら、これは等明さんの……」

「さよう。だが、井戸端で落としたのは北斎先生だ」

二人は道端で揉み合いの喧嘩をした。等明が落としたものをだれかが拾い、北斎のふところに突っ込んだのだろう。

「なぜ、小父さんが井戸端に……」

「お栄さんの様子を見に来たのだ。会いたかったが、呼び出す勇気がなかった。うろうろしているうちに喉が渇いた。で、水を飲んだ」

その人影を尚武は見ていた。背格好から北斎だろうと思ったが、暗いのではっきりとはわからなかった。いずれにしても、こんなとき声をかけるのは無粋だ。北斎なら逃げ出してしまうにちがいない。そう思ったので、声はかけなかった。

朝、舞に言われて思い出した。それで、舞が本所へ出かけている間に蔦屋を訪ね、喧嘩騒ぎの話を聞き込んできたという。

舞は手のひらの珠を見つめた。

「そう……小父さん、お栄さんに会いに来たの……」

「娘を案じていたのだ」

「いいとこあるのね、北斎先生も」

舞はくすんと鼻を鳴らした。

「男親にとって、娘はこの珠のようなものだろう」

「そうかしら。お父っつぁんはちがうけど……」

頬をふくらませる。

尚武は真顔になった。

「一九先生とておなじだ。舞どのが愛しゅうてならぬのよ」

「それにしちゃ、縁談、ぶちこわしてばかり」

「相手が舞どのにふさわしゅうないからだ。愛娘を託せる男がおらなんだのだ」

「そんなこと、なんでわかるの」

「わかるとも。娘に幸せになってほしいと思えばこそ、先生は拙者を見込んだ。拙者なら、舞どのを幸せにできる」

「なんだ、それが言いたかったのね」

胸を張る尚武を見ても、いつもほど腹は立たなかった。辻斬りではないらしい……少なくとも、自分をこの場で斬るつもりはないとわかったからか。

「その話はお終《しま》い。いくらお父っつぁんが見込んだからって、あたしはごめんですからね。それだけは、覚えておいてちょうだい」

年明け早々に、旗本の若殿さまとの逢瀬がひかえている。つまらぬ男にはかかわりたくない。

「まあ、よいわ」

なにがよいのか、尚武は満足そうにうなずいた。

「さてと、明日は正月だ」

「だから……」

「めでたい」

「そうかしら。あのめちゃめちゃな家で正月を迎えたら、めでたさも中くらいってとこだわ」

ちらかった家をかたづけることを思うと気が重かった。清々しい気分で正月を迎えるためには、夜を徹して掃除をしなければならない。

尚武は意欲満々だった。

「なァに、まだ除夜の鐘には時がある。一緒に歳の市へ行って、正月の品を買うて来ようではないか。それから、家の中をかたづける。案ずるな。拙者はかたづけが大得意だ」

これまでの数カ月の暮らしぶりを見たところでは、散らかすほうがよほど得手のようだったが……舞も頬をゆるめた。

「いいわ、そうしましょう。その前に、あたし、お腹が空いた」

「よし。まずは腹ごしらえだ。年越し蕎麦でも食おう」

尚武と一緒なら、気後れせずに蕎麦屋へ入れる。歳の市で買い物をするのも、二人なら安心だった。

「それにしても、辻斬りに用心棒を頼むとは思わなかった」

舞が言うと、尚武はもう一度、腹の底から笑った。

「拙者が辻斬りなら、辻斬りに出会う心配はない。いや、辻斬りが辻斬り退治をしてくれるわ」

はりきりすぎているところが少々うっとうしくもあったが……。背に腹は代えられない。二人はつれだって歩きはじめる。

舞の十八歳の大晦日は、早くも終わろうとしていた。行く手の夜陰には、新年が息をひそめて待ちかまえている。
期待と、不安と――。
冷涼とした夜気を、舞は深々と吸い込んだ。

よりにも よって

一

春はあまねく訪れる。

両国橋を行き交う老若男女にも、広小路の見世物小屋を冷やかす烏合《うごう》の衆にも、通油町の地本《じほん》会所に集う書肆《しょし》の親父連にも、その敷地内の借家で、鼻水をすすりながら執筆に没頭している十返舎一九《じっぺんしゃいっく》にも、一九の横でこれまた鼻をぐずぐずさせながら絵筆を動かしているお栄《えい》にも、借家の裏手の六兵衛店にいつのまにか棲みついた野良猫にも……春が来た。

もちろん、一九の娘の舞《まい》にも。というより、舞ははちきれんばかり、春のかたまりだった。針先でつつけば、空高く舞い上がってしまいそうだ。

「チチテントンシャン、チチテントンシャン、春ゥのオォ霞のオ、テテテンツクテン……」

口三味線にのせて、かざした扇を裏へ表へ返しながら、すり足で二歩、三歩下がる。首をかしげてシナをつくる。

「惚れ惚れするのう。先生が自慢なさるわけだ」

無遠慮な声に、舞はキッと振り向いた。

今井尚武《いまいしょうぶ》が敷居際に突っ立って腕組みをしている。

「なにかご用ですか」

「いや、別に」

「だったらじゃましないで。おさらい中ですから」

尚武は駿河国からやって来た。一九の弟子と称して、長々と居候を決めこんでいる。いわくありげなこの浪人者を一九は気に入っていて、あろうことか、「娘をくれてやる」などとうそぶいていた。そのせいか、居候のくせに厚かましい。

「それにしても、今日はやけに気合いが入っておるのう」

いっこうに悪びれる気配がないどころか、言わずもがなのことを言って舞のきげんをそこねるのも毎度のことだった。

「今日だけじゃありません。いつもです」

「こいつは失言」

口とは裏腹に、からかうような笑いを浮かべている。

「うろ覚えでは人さまにお教えできません。このあたしに、ぜひとも稽古をつけてくれというお人がいるんです。今井さまが居眠りをしたり飲んだくれたりしてる間に、こちらはお稽古に励んでいるんですよ」

「わかったわかった。さもなくば、かように美しゅうは踊れまい。直々に指南を請いたいと願う者が門前市をなすはずだ」

お愛想を言われて、舞は口元をほころばせた。

「ええ。あたし、この春からお旗本のご嫡男にご指南するんです」

「ほう、いずこのお旗本か」

「麴町の野上《のがみ》……」

つい口がすべってしまったのもうれしさのあまり。なにせ、舞を見初めたのは御書院番頭を務める野上平七郎《へいしちろう》の嫡男で、それもたいそうな美男とやら。将軍のご生母さまの中にも下々から抜擢された女がいたそうだから、舞が夢をふくらませ、あわよくば玉の輿に……と力むのも無理はなかった。

「道楽息子のお相手か。踊りの指南ならよいが、くどかれるやもしれぬぞ」

「さようなことはありません」

そっぽを向きながらも、胸の内を見透かされたような気がして、舞は頬を染めた。

「ま、舞どのが引く手あまたなれば、拙者も大いに助かる。戯作に励んだところで食えそうにない。女房どのの働きがあれば、口が干上がらずにすむゆえの」

尚武は夫婦になると独り決めしているようだった。それだけでも腹が立つのに、今から女房の稼ぎをあてにしているとは……。

「何度も言いましたけど、戯作者の女房になる気はありません。踊りの師匠になって、ぐうたら亭主のために働くなんてまっぴら」

一九が娘に踊りを習わせたのは、芸事を身につけさせて一生食わせてもらおうとの魂胆らしい。『東海道中膝栗毛』が大当たりをとったとはいえ、一九の実入りは微々たるものだった。さすがにもう極貧暮らしとはおさらばしていたが、借金取りとは生涯、縁が切れそうにない。

一九といい、尚武といい、なんと不甲斐ない男どもか。相手にするのも馬鹿らしくなって、舞はおさらいに戻った。旗本屋敷へおもむく日が迫っている。居候につき合っている暇はない。

「チチテントンシャン、チチテントンシャン……」

一曲終えて振り向くと、尚武の姿はなかった。

まったく、いけずうずうしいったらありゃしない――。

舞は師匠の勘弥姐《かんやねえ》さんから「すじがよい」と褒められていた。といって、踊りで食べてゆく気はない。踊りは嫁ぐときの飾り、若い娘のたしなみである。

小町娘ともてはやされていい気になっていた舞も、この正月で十九になった。にわかに焦りを覚え、目下、嫁ぎ先を物色中である。ここはなんとしても玉の輿に……と思えば、稽古にも熱が入ろうというものだ。

二曲目に進もうとしたとき、盛大なくしゃみが聞こえた。一九だ。つづいてもうひとつ。今度はお栄《えい》である。甲乙つけがたい大音声に、壁や障子まで吹き飛ばんばかり。

そろいもそろって――。

この家は奇人の集まりだ。どうも気が散りやすい。

かざした手を宙に止めて、舞は眉をひそめた。

二

「ほんとにサ、わるいんだけど」

わるいなどとはこれっぽっちも思っていないように見える顔で、お栄はおざなりに頭を下げた。

いつだって、これなんだから——。

舞は胸の中で悪態をつく。

お栄の顔は赤鬼のようだった。まぶたがはれぼったいので細い目はなおのこと細く、洟《はな》をかみすぎたので丸い鼻は唐辛子のように赤く、四角いあごまでがいつにもまして角張って見える。そのくせ、お栄は梃子《てこ》でも動かぬ構えだった。

よりによってこんな日に……と腹立たしいが、もはや不可抗力だ。並んで両国橋を歩きながら、舞はうらめしげにため息をついた。

今日は勘弥姐さんと野上家へ挨拶に出向くことになっている。一方のお栄はこの日、榿馬場《はんのきばば》の家で、亭主の南沢等明《みなみさわとうめい》と逢うことになっていた。

お栄の家出は、今にはじまったことではない。が、こたびは半年近く舞の家に転がり込んでいた。離縁か復縁か。そういう大事な話なら風邪が治ってからにすればよさそうなものだが、日延べを頼むのが面倒だったのか、そんなことを思いつく頭もなかったのだろう、ほっぽらかしていて、気がつくと当日だった。

——向こうが頭下げるんなら、戻ってやってもいいけどね。ぐずぐず言うなら縁切りさ。

お栄の鼻息は荒い。すぐにカタをつけるから立ち会ってほしいと言われて、舞はしぶしぶうなずいた。

大川は春の陽射しを浴びてきらめいていた。行き交う舟も冬場より数を増して、両岸の緑が霞のようにたなびいている。

「あたし、春がいっとう好き。お栄さんみたいに、あたしも絵が描けたらいいなァ。この景色を描いとくんだけど」

なんだかんだ言ってても胸のはずみは隠せない。思わずつぶやくと、お栄はふんと鼻を鳴らした。

「絵なんか、描かなきゃよかったよ」

予想外の答に舞は目を瞬く。

「どうして……」

「見なくていいもんまで見ちまう、ってこと」

「そうかしら……」

「そうさ。見なきゃ描けないだろ」

そう言いながら、お栄も春景色を見渡している。

「ねえ、お栄さん。前々から訊こう訊こうと思ってたんだけど……」

「なにさ」

「ご亭主のこと」

「ふん」

「ほんとのとこはどうなの」

「どうって……」

「だからね、まだ惚れてるかどうかってこと」

「とんでもないッ」

あんなやつ……と吐き捨てた顔が一段と赤らんでいる。

やはりお栄は等明に惚れているのではないかと舞は思った。お栄は父の北斎に似て、およそ愛想というものがない。その上、あまのじゃくで、黒を白と言ったりもする。

それにしても等明は、この可愛げのかけらもない女の、どこがよくて女房にしたのだろう。

「あのさ、もとの鞘におさまるつもりなら、あんまり切り口上でものを言わないほうがいいんじゃないの。ここは下手《したて》に出て、少しはしおらしく……」

家事はまるでだめ、美しいわけでも愛嬌があるわけでもなく、日がな一日絵ばかり描いている女を、これまで女房にしていただけでもめっけものだった。だがそう思うのは舞ばかりで、当のお栄はそっぽを向いている。

橋を渡り終えた二人は、榿馬場にあるお栄の家へ急いだ。小さいながらも北斎自身が建てた二階家である。当の北斎はどこにいるのか。希代の引っ越し魔は相変わらず居所知れずだ。女房のおことも深川の亀久町にいるので、目下、この家は空き家だった。

「おやまあ……」

薄暗い板間へ目をやって、舞は声をもらした。

等明があぐらをかいていた。もともと血色のわるい絵描きの顔が、今日は青黒くくすんでいる。

「お……一緒でしたか」

舞を見るや、等明はとまどいの色を浮かべた。

「お栄さんにどうしてもと言われて……。あたし、用事があるんです。あとはどうぞお二人で」

舞はそそくさと帰ろうとした。ところがお栄は舞の袖をにぎりしめて離さない。

「いや、ぜひとも、いていただきたい」

等明からも頭を下げられて、舞も上がり込むことになった。上がり込んだはいいものの、夫婦はにらみ合ったまま口をきかない。

舞はじれったくなってきた。

「ねえ、二人とも、いいかげんになんとか言ったらどうですか」

これまで等明は、お栄が家出をするたびに迎えに来た。ところが今回は、行方を捜そうとさえしなかった。等明の中でなにか変化があったのか。

「ねえ、等明さん、お栄さんに家へ帰ってほしいんなら……」

言いかけると、等明はぐいと背を反《そ》らせた。

「お栄が詫びるのが先です。それと、あの無礼な舅どのと親子の縁を切ること。でなければ今度という今度は……」

等明と北斎は暮れに大げんかをしたと聞いている。

お栄は亭主に最後まで言わせなかった。

「やなこったッ」

と言ったところでくしゃみをする。等明が及び腰になるほどの華々しいくしゃみだった。

「先に詫びるのはおまえさんだろ」

「なんで、おれが詫びるんだ？」

「女房を粗末にしたじゃないか」

「粗末にしたのはどっちだ。ろくでもない絵ばかり描きやがって……」

「ろくでもない絵はそっちだよ。ちまちまと型にはまった絵ばかし。ちったァ、人をおどろかすくらいのを描いてみちゃどうだい。親父の爪の垢でも煎じてやろうか」

そこでまた、お栄はくしゃみをした。真っ向からくしゃみを浴びて、等明は顔をしかめる。

「なんだ、その言い草は、親父がちょいと名があるからって……いい気になるんじゃねえや」

「へんだ、どだいからちがうんだ。親父は絵描き、おまえさんは恥かき……」

「畜生、もう一度言ってみやがれッ」

絵描きが互いの絵を罵倒し合えば、あとはもう修羅場である。二人はすっかり抑えがきかなくなって、今やどっぷりつかみ合っていた。

「ねえ、ねえってば、二人とも落ち着いて……」

舞は間に入ろうとした。と、即座に突き飛ばされた。よく見ると板間は埃だらけだ。着物の埃は払えばすむものの、つんのめってこすりつけた片頬は……。

「勝手になさい。あたしは行きますからねッ」

土間へ下りようとしたところが草履がない。草履という草履は等明のまわりに散乱していた。お栄が手当たり次第に投げつけたのだ。

「ねえ、いいかげんにしなさいってば。ちょっと、あたしの草履、返してよ」

揉み合っている二人は聞く耳を持たない。草履を拾おうとしたところが、後ろからお栄に袖を引っぱられた。びりっと不穏な音がする。

旗本家を訪問するためにとっておきの小袖を着てきた。もしや……と青くなったが、恐ろしくてたしかめる気にもならない。

「おまえとは離縁だ。金輪際、南沢家の敷居をまたぐな」

「こっちこそ、二度と帰ってやるもんか」

あらかじめこうなることを見越していたのか。去り際に等明は三行半《みくだりはん》を叩きつけた。

「受け取り状を書いておけ」

等明の背中と三行半を、舞は息を呑んで見つめる。

とうとう来るべきものが来た――。

お栄もさすがに呆然としていた。ぺたんと腰を落として紙っぺらを凝視している。

「お栄さん、しっかりして」

腹を立てていたことも忘れて、舞はお栄のそばへ這い寄った。

お栄は舞の膝にひしとしがみついた。突然、号泣する。

舞はあっけにとられた。泣くほど亭主が惜しいなら、なぜ半年も家出をしていたのか。なぜ、しおらしい態度をとらなかったのか。

涙を見たら等明も考えを改めるかもしれない。呼び戻そうかと思ったが、今や鬼の霍乱《かくらん》といった体《てい》のお栄を見て、やめておくことにした。はじめから三行半を忍ばせていたのなら、いずれにしても手遅れだろう。

あーあ、とんだとばっちりだ――。

舞はため息をついた。着物はくしゃくしゃ、おまけに袖がほころびている。鏡がないからわからないが、おそらく顔も汚れているにちがいない。

幸い勘弥姐さんは衣装持ちだった。着物は借りて着替えればよい。いずれにせよ、思いがけず手間をとってしまったので、ぐずぐずしてはいられなかった。

すっぽんのように吸いついたお栄の体を、舞はもぎはがした。

お栄はばたりと床にうち伏したまま、微動だにしない。

「お栄さん、ねえ、お栄さんてば、どうしたのよ」

おどろいて体をゆすった。と、またもや舞の体にとりついて大泣きをする。これでは聞き分けのない子供と同じで手がつけられない。

「ごめんね、一緒にいてあげたいんだけどさ……あたしはほら、勘弥姐さんとこへ行かなきゃならないし……今日は大事な用があるから……わるいけど、ね、お栄さん……」

お栄を振りきって、舞は草履を探した。やっと見つかったので、あわてて履いておもてへ出る。が、そこで一瞬、足を止めた。

もう泣き声は聞こえなかった。家の中は不気味に静まりかえっている。

舞はぞくりとした。お栄は奇人である。このまま放っておいたらなにをするかわからない。

矢も楯もたまらず中へ駆け戻った。

お栄は板の間に大の字になって、天井を見つめていた。鼻が赤いので天狗の昼寝、といった案配だが、両目はうつろである。となれば、やはり見棄ててはおけない。

「お栄さん、お栄さんてば、ね、起きて」

手を添えて起こし、懐紙で洟をかんでやり、着物をととのえて草履を履かせてやる。

まったくもう、世話がやけるったら――。

舌打ちをしながらも、おもてへ連れ出した。

「あのねえ、あたしは用事があるから、お栄さんは亀久町のおっ母さんのとこ、行きなさい。いいわね、小母さんとこ……自分のウチなんだから、ひとりで行けるでしょ」

お栄はなにも言わない。背中を押してやると、ふらふらと歩き出した。

「そっちじゃないってば。もう、家はあっちでしょ」

馬場の方へ行こうとするお栄を引き戻し、もう一度、背中を押してやる。くらげのような――もし、くらげが歩くとしたら――心もとない歩き方を見て、舞はにわかに不安になった。深川へ行くには竪川《たてかわ》を渡る。橋の欄干に身をのりだしているお栄、水飛沫《みずしぶき》をあげて川底へ沈む人影、薦《こも》をかぶせられた溺死体……。

「ああ、なんてこと」

舞は天を仰いだ。こうしてはいられない。考えるのは後まわしにして、おもむろにお栄の腕をつかんだ。ぐいぐい引っぱって歩く。お栄はなにも言わず、引っぱられるままについて来る。

息をはずませて勘弥姐さんの家へ飛び込んだ瞬間、いやな予感がした。勘弥姐さんは江戸っ子の中の江戸っ子である。短気でせっかち。

奥からあらわれたのは、案の定、姐さんではなく若い男だった。遊び人らしき若者は、姐さんが近頃、いれこんでいるという情夫だろう。何度泣かされても、姐さんはいっこうに懲りず、年若い情夫を拾って来る。

「あのう、姐さんは……」

勢い込んでわけを話すと、男はへらへらと笑った。

「先様をお待たせするのは失礼だから先に行ってるって。あいつときたら、ほんと、待つのが苦手でね、いつだって早く早くと寝床へ引き込まれる。おいらなんざ、体がいくつあっても足りねえや」

迎えの駕籠に乗って、さっさと出かけてしまったという。ただし、舞の駕籠は門前町の駕籠屋に待たせてあると、姐さんらしく手抜かりはなかった。

礼を言って出て行こうとすると、男が呼び止めた。

「袖……ほつれてるぜ」

そんなことは百も承知だ。できれば針と糸を借りて縫っていきたかったが、姐さんの留守に上がり込むのも、襦袢姿になってほつれを直すのも気詰まりだった。だいいち、そんな悠長なことをしている暇はない。お栄をひき連れ、門前町へ急ぐ。

「もう大丈夫よね。あたしはここから駕籠だから、お栄さん、うちへお帰り」

道々、言い聞かせたものの、聞いているのかいないのか、お栄は目を泳がせている。

駕籠屋へ飛び込んであわただしくわけを話すと、人待ち顔で煙管《きせる》をふかしていた駕籠かきが勢いよく腰を上げた。

「おおーい。お客だぜ」

大声で呼び立てる。待ちかまえていたように、奥から二人の駕籠かきがあらわれた。

「へい、じゃ、お嬢さんはこちらに」

あれよあれよと言う間に、お栄は手前の駕籠へ乗り込んでしまった。

「ちょ、ちょ、ちょっと……その人はちがうんだってば……」

「いいからほれ、お嬢さんもお早く」

「待ってちょうだいってば。お栄さん、ねえ、あんた、どういうつもりで……」

「おーい、行くぞ」

舞も押し込まれた。えっほ、えいほと駕籠が動き出す。

駕籠代は高価だ。戯作者の娘には身に余る贅沢である。舞の分は旗本の出費だから問題はないが、お栄の駕籠賃はだれが払うのか。それよりお栄は、どこへ行く気だろう。

気が気ではなかった。が、お栄の駕籠が先に出立してしまったので、問いただせない。おそらくお栄は舞の家へ帰るつもりだろう。お栄は銭を持っていない。舞の家にも余分な銭はない。となれば、ひと悶着おきるのは目に見えていたが……。

「もう、知らないッ」

駕籠にゆられながら、舞は舌打ちをした。

今は、お栄のことにかまけているときではなかった。約束の時刻に遅れたばかりか、着物の袖がほころびている。化粧だってどうなっているか。今日は顔合わせで稽古はないというから、袖のほうは、後ろを向きさえしなければなんとかごまかせるかもしれない。髪を撫でつけ、頬をこすって、舞はざわめく胸をしずめた。

両国橋を渡って麹町までは、駕籠なら小半刻である。

「へい、着きやした」

舞は降り立つ。

目の先に厳《いか》めしい冠木門《かぶきもん》が見えた。門番がちょうど通用門の戸を開けたところだった。門の脇に駕籠がひとつ。舞よりひと足先に降り立った女が、当たり前のように通用門をくぐってゆく。

どういうつもりか。舞は啞然として、お栄の後ろ姿を見つめた。

三

「なんですか、そのなりは」

勘弥姐さんは仰天した。

「お栄さんまで連れて来るなんて、いったいどういう……」

部屋の隅に鎮座しているお栄に、怖いものを見るような視線を走らせる。声を落としたつもりでも、姐さんの声はハリがあった。当然、聞こえているはずだが、お栄はなんの反応も示さない。赤い鼻と泣きはらした目を二人に向けて、じっとしている。

「連れて来たんじゃないんです。話せば長いわけが……」

「ともかく、お栄さんの駕籠賃は、あたしが立て替えました。こちらさまからいただく束脩《そくしゅう》から引いておきますからね」

とんだ災難である。

舞とお栄が通されたのは、玄関にほど近い座敷だった。床の間に有田焼の花瓶、花瓶には紅梅、壁には由緒ありげな水墨画の掛軸が飾られている。半開きの障子越しに丹精された庭が見えた。庭に面した一隅には文机が置かれ、真新しい巻紙がひと巻き、のっている。傍らに、火のない火鉢があった。

姐さんはとりあえず用人に挨拶をすませたという。

「あんたのことをいろいろ聞いておきたいっておっしゃるからさ」

「あたしのことって……」

「お父っつぁんのことや家のことや、近所の評判も……」

「あたしが十返舎一九の娘だってことも話しちゃったの」

「隠しちゃおけないし、話しましたよ。けど、別におどろきもしなかったから、とうにご存じだったのかもしれないねえ」

踊りを教えるだけにしては念の入ったお調べである。姐さんもおなじことを思ったようで、

「ひょっとするとひょっとして……」

と、目くばせをした。やはり、舞が呼ばれたのは、踊りの指南のためだけではないらしい。となれば玉の輿か。

舞は胸に手をやった。

「ああ、姐さん、どうしよう」

「ともかくそのなりじゃあ……。小町娘がカタなしですよ」

姐さんは懐紙を取り出して、舞の頬をこすった。白粉《おしろい》の刷毛ではげかけた化粧を直し、ぽっちり紅まで添える。

「これならいいだろ。あとはその着物だけど……」

困ったねえと言いながら、姐さんはお栄にぶしつけな視線を向けた。

「まあねえ……若殿さまの前に出るにゃあんまりだけど、袖がほつれたのよかましかねえ」

お栄の着物を舞に着せようと言うのか。

「けど、せっかく、この日のために……」

舞は涙がこぼれそうだった。が、せっかちな姐さんはもう、お栄の着物を脱がせにかかっている。お栄は木偶人形のようになされるがままだ。

こうなれば、あきらめるよりしかたがなかった。お栄の普段着である、汚れよけの黒ビロードの衿のついた紺無地の木綿に、帯だけは華やいだ朱色の名古屋帯をしめる。

「おや、なかなか似合ってるよ。着物が地味なほうが色の白さが引き立つってものさ」

姐さんがためつすがめつしているうちに、若党が呼びに来た。

「いいかえ、はじめが肝心ですよ。くれぐれも粗相のないように」

そういう姐さんのほうがそわそわしている。部屋を出ようとして、舞は今一度、お栄に目を向けた。

「お栄さん、いいこと。ここは由緒あるお旗本のお屋敷ですからね。姐さんとあたしがご挨拶をして戻って来るまでは、この部屋でじっとしててちょうだいね」

赤鬼さながらのお栄が屋敷内を歩きまわれば、皆なにごとかといぶかるはずだ。すでに噂が飛び交っているかもしれない。舞はなんとしてもお栄を――とりわけ風邪と離縁の衝撃で見る影もない今のお栄を――人目にさらしたくなかった。

お栄は神妙な顔でうなずく。お栄のような女に物わかりよくうなずかれたので、舞はかえって不安になった。だがこの際、運を天にまかせるしかない。

若党に先導されて迷路のような廊下をめぐるときにはもう、舞の頭はお栄ではなく、この屋敷の嫡男のことでいっぱいだった。自分を見初めたのはどんな若者か。期待はいやが上にも高まっている。

だだっ広い屋敷だった。いくつ部屋があるのか、家人はどこにいるのか、見当もつかない。出稽古で武家屋敷を見慣れているはずの姐さんも、気を呑まれているようだった。いつになく寡黙である。

もしここに住むことになったら……舞の視線は右へ左へ、せわしない。

二人が通されたのは渡り廊下を渡ったところにある小座敷だった。上座にいる二十代の半ばと思《おぼ》しき武士と、一段下がった右手にいる初老の武士が談笑している。上段の武士が野上家の嫡男であることは、たぐいまれな美貌からひと目で知れた。

色白の細面が熱を帯びたように上気している。眸《ひとみ》は涼やかでまなざしはやさしいが、その奥に躍る光がちらついていた。鼻梁が高く、唇が薄く、顎の細い顔は神経質そうにも見える。ともあれ、ひ弱なだけの若殿さまではなさそうだ。

「おう、参ったか」

初老の武士が二人に目を向けた。

「お待たせして申し訳ございません」

平伏した姐さんの顔に安堵の色が浮かんだところを見ると、これが用人だろう。

舞もあわてて両手をついた。

「苦しゅうない、面《おもて》を上げよ」

若殿さまは、声音も涼やかだった。

「市之助《いちのすけ》さまは、たまたま訪問先でそなたの踊りをご覧になられたそうでの、指南をお望みなれど、遠出はきつうござるゆえ、出稽古を頼みたいと仰せだ。月に一度、駕籠を遣わす。礼もはずもう。いかがかの、ひき受けてもらえるか」

用人の説明に、舞より先に姐さんが返事をした。

「ありがたき仰せ、それはもう、喜んでうかがわせていただきます」

むろん、舞も否はなかった。相まみえるまでは、こんな夢のような話があるはずがない、美男というのはまちがいで痘痕面《あばたづら》か、でなければよほど奇矯な殿さまだろうと思っていた。ところが、噂に違《たが》わぬ美男であるばかりか、まともな殿さまらしい。

舞は小躍りしたい気分だった。

「いまだ未熟者にて、ご指南など畏れ多きことにございますが……」

舞が言いかけると、市之助は穏やかに遮った。

「退屈しのぎだ。気張らずともよい」

「はい。ありがとう存じまする」

「遊びに参ると思えばよいのだ。余が疲れたら、話を聞かせよ。そのほうの父親は十返舎一九と聞いたが……」

「すみません」

思わず謝ってしまったのは、父親の破天荒ぶりを思い出したためである。一九の日常を知ったら、由緒正しき旗本の嫡男は卒倒してしまうかもしれない。奇人の娘であることを隠したまま屋敷へ出入りするのは、市之助をだましているような気もするが……。

「なにを、謝るのだ」

市之助は聞き返した。

「は、はい、いえ。父もきっと、ありがたく思うことでございましょう」

舞がもごもご応えたときだ。若党が廊下に両手をついた。

「お客人にお客人が参っておりまする」

座敷の四人はそろってけげんな顔をした。

「なにごとか」

わかるように申せと用人が叱る。

「は、それがなんとも……。ええと、まず門前にお客人が参られ、踊りの師匠はおるかと大声を出されました。すると、その声を聞いたもうお一人のお客人が玄関へ飛び出して参りました」

「お栄さんだ……」

舞はつぶやいた。すーっと血の気がひいている。

用人が先をうながした。

「はい、そのお客人は妙齢の女性《にょしょう》にございまするが、両袖のない珍妙な小袖を着ておられまして、門前でふたことみこと話すや、だっと屋敷内へ駆け戻られました。元の部屋へ戻られましたかと覗いてみまするど……」

舞と勘弥姐さんは怯えたように顔を見合わせる。

「部屋中に巻紙がのたくっておりまして……火鉢の炭で絵を、なんと絵を描かれたのでございましょう」

そういえば、文机の上に巻紙がのっていた。かたわらには火鉢も……。

「して、その女性は」

「お姿が見えませせぬ」

「門前の客はいかがしたのだ」

「十返舎一九先生の娘御に急用と申されまして、玄関先にてお待ちにございまする」

若党はそこで、息をあえがせた。若党自身、奇っ怪な出来事に我を失っているようだ。

しばし、沈黙が流れた。

この謎々のような話を正しく理解できたのは、おそらく舞だけだったにちがいない。

つまり、だれかが――いや、だれかではない、舞が麹町の旗本、野上家にいることを知っていて、なおかつ門前で大声を張りあげるなどという不作法が平気でできるのは一人しかいない――今井尚武が、急な知らせを届けにきた。一方、お栄は退屈しのぎに、というより巻紙を見たらがまんができなくなって、炭で絵を描いていた。いったん絵を描きはじめると憑かれたようになるお栄である。垂れ下がってくる袖がうるさくなって、ひきちぎってしまったのだろう。ついでのことに、ほつれていないほうの袖も、その下の長襦袢の袖まで。

お栄は尚武の声を聞いて飛び出した。あわてて舞に報せようとしたが、迷路のような廊下で迷ってしまった。

ということは――。

舞はぞっとした。お栄は――両腕をむき出しにした、赤天狗のごときお栄は――今、この瞬間にも、舞を探して屋敷内をさまよっているということになる。こうしているうちにも、ここへ、現れるかもしれない。

市之助と用人が息を呑む光景が見えたような気がした。

これですべてがお終いになる……。

はじめは、お栄の醜態を市之助に見られたらどうしようと青くなった。が、多少とも動揺が鎮まると、別の不安が押し寄せた。尚武はなにを報せに来たのか。お栄が見境もなく舞を捜しまわっているのはなぜか。

そう、なにか、とてつもないことが起こったのだ。

舞は腰を浮かせた。姐さんがぎょっと目をむくのを見て、あわてて両手をついて辞儀をする。次の瞬間には勢いよく立ち上がり、廊下へ駆け出していた。

火事か。裏の長屋では七輪が倒れたり線香の火が夜具に燃え移ったり、しょっちゅう小火《ぼや》騒ぎを起こしている。いや、やはり喧嘩か。一九は酒を飲むと喧嘩っ早くなる。火事と喧嘩は江戸の華、どちらが起こってもふしぎはない。

それとも、一九か継母のえつが倒れたか。一九は風邪をひいていた。えつもこのところ頭痛に悩まされて、こめかみに飯粒を貼りつけている。もしや……。舞の頭にはもう市之助も玉の輿もなかった。次々に浮かんでは消える妄想に、生きた心地もしない。

「あ、舞……」

玄関へ急ぐ途中でお栄と鉢合わせをしたのは、不幸中の幸いだった。お栄は天狗の幽霊のように見えたが、そんなこともう、舞は眼中になかった。

「お栄さんッ、教えて、なにがあったの」

つかみかからんばかりに訊ねる。

お栄は正気を取り戻していた。

「小父さんが……」

「お父っつぁんがッ」

「階段から落っこちて、目をまわして……」

「え、死んじゃったのッ」

「まだ生きてるみたい。けど、打ち所がわるかったのか、呼んでも返事をしないって」

「なんで階段なんかに」

「ほんと、手、ふるえてたのにね。小母さんが危ないから上るなって言ってたのに」

一九は軽い中風を患っていた。それでもなお執筆をやめようとはせず、恐ろしい形相で戯作に取り組んでいた。大酒飲みの、やることなすことめちゃくちゃな男だが、戯作に関してだけは別人のように真摯《しんし》だった。滑稽な馬鹿話を大真面目で、しかも凄まじい勢いで、次から次へと書きまくる。

「急がなくちゃ」

「駕籠でお行きよ」

挨拶もそこそこに飛び出してしまった。市之助も用人も腹を立てているにちがいない。となれば、舞が乗って来た駕籠は使えない。

「おれが乗って来たやつ、待たせてるから」

厚かましくも、お栄は駕籠で帰る気でいたらしい。あきれはしたものの、今は怒るよりありがたかった。一刻も早く家へ帰りたい。

「おう、舞どの。待ちかねてござったぞ」

玄関では尚武が足踏みをしていた。

「お父っつぁんは、どんな……」

「ちょうど医者が来ている頃だろう。錦森堂も蔦屋も飛んで来た。案ずるな。先生は強運ゆえ、今頃はお気がつかれ、酒でも飲んでおられるやもしれぬ」

励ますつもりで言ったのか、尚武の顔はひきつっている。

舞は門前に待機していた駕籠へ乗り込んだ。併走するつもりだろう、尚武とお栄もあとにつづく。二の腕をむき出しにしたお栄は、さぞや道行く人々の耳目を集めているにちがいない。もしや、役人に咎《とが》められはすまいか。

考えるのはやめにした。早く早くと気が急《せ》いている。

お父っつぁん、死なないで、お父っつぁん、しっかり――。

いくらも行かないうちに、お栄が脱落した。見かけはともかくお栄は女、しかも風邪っぴきである。

お栄さんまで倒れなきゃいいけど――。

出だしから散々だった。もとはと言えばお栄のせいだ。いっときは腹を立てたものの、今は恨む気も失せていた。春とはいえ衣替えにもならぬこの季節、むき出しの腕を振り立てて懸命に走っているお栄の姿を思えばいじらしくさえある。好き勝手をした上に亭主を踏みにじり、そのくせ離縁状を突きつけられて取り乱し、正気を失っていたかと思えば絵を描きまくり、なのに今はそんなことは忘れたかのように一九のもとへ、舞の家へ、脇目もふらず駆けている。

お栄は、やっぱりお栄だった。それでこそお栄、と言うべきか。一九が一九以外の何者でもないように、お栄はお栄以外の何者でもない。一九の上手をゆく風狂の徒、北斎と、一九のあとにつづこうとする尚武をひっくるめて、四人は奇人変人、常人の枠にははまらない。まわりの人間こそいい迷惑だが、どだい世間の秤で量ろうとするのがまちがいだった。

奇人でも変人でもいい。生きていて、お父っつぁん――。

「へい。地本会所に着きましたぜ」

舞は転がるように駕籠から下りた。

「お嬢さん、お代を」

「来た道を引き返して、お栄さんを拾ってちょうだい。ほら、門前町から麴町まで乗ってった……赤い顔して一緒に走ってたでしょ」

駕籠かきは顔を見合わせた。及び腰になっているのがわかる。それでも酒手をはずむと約束すると、掛け声と共に空の駕籠を担いで引き返していった。

さっきまで併走する足音が聞こえていた。尚武がいないところを見ると、どこかでへたばっているのか。会所の敷地内にある借家の玄関へ駆け込む。

「今井さまッ」

尚武は先に着いて待っていた。その顔が和らいでいる。

「さすがは先生、お気がつかれたぞ。手足はしびれておられるようだが、大事はない」

早《はよ》う上がれと、尚武は自分の家のような顔でうながした。

舞は草履を跳ね飛ばして式台へ上がる。

一九は茶の間の隣の座敷に寝かされていた。安普請だが、部屋数だけはあるのが取り柄の借家である。

「お父っつぁんッ」

枕元へ駆け寄った。

娘を見て、一九はくしゃみをする。

「先生は不死身にございますよ」

なじみの書肆、錦森堂《きんしんどう》の森屋治兵衛《もりやじへえ》が顔をほころばせた。

「ひとりで階段を上ろうなんて……人騒がせだったらないよ」

女房のえつは驚愕と安堵で泣き笑いをしている。

「よかったァ。お父っつぁんに万一のことがあったらどうしようかと……」

舞はへなへなと膝をついた。

と、そのとき、一九が躍る目で一同を見渡した。

「出来あいのなまくら作者のしるしとて、指《および》の先のしびれて恥ずかし」

『東海道中膝栗毛』の中の弥次郎兵衛の狂歌、「出来あひのなまくら武士のしるしとて　刀の先の折れて恥ずかし」をもじったものである。

一斉に、笑い声がわき上がった。

四

「あーあ、せっかく玉の輿だと思ったのに……」

舞は嘆息した。父危篤、と聞いたときはそれどころではなかった。が、喉もと過ぎれば熱さを忘れる。翌朝、けろりとしている一九を目にしたとたん、泣き言がもれた。

一九はもう、ふるえる指をだましだまし、戯作に取りかかっていた。動かすのが辛くなると、尚武に口述で筆記をさせる。その執念には頭が下がるものの、そんな状態ではきげんのよかろうはずがない。とばっちりをまともに受けるのはどうしたって家人だ。

「お酒は命取りだと、あれほど言われてるのにねえ」

昼餉の仕度の手を休めて、えつも愚痴をもらした。

「お父っつぁんさ、どうして二階へ上がろうとしたんだろ」

「酒瓶を取りに行ったんだよ」

「酒瓶を……」

「隠したのさ、二階の長持に。お医者に止められたから」

「やっぱりねえ……」

一九は戯作への執念と同じくらい、酒への執念も断ち切れない。酒なしでは死んだも同然、などとうそぶくので、えつはやむなく二階から酒瓶を下ろしてきたという。

「はじめから逆らえる道理はなかったのさ。なにがあってもしたいようにするってのが十返舎一九だもの」

さすがに匙を投げたという顔である。

「おっ母さんも貧乏くじをひいたもんだ」

「それを言うなら、あんたの実のおっ母さんだよ。いい日をひとつも見ないうちに死んじまったんだから」

「けど、かわりにおっ母さんが来てくれた。おっ母さんがいなけりゃ、あたしも兄さんも飢え死にしてたわ」

先妻の民《たみ》に死なれ、幼子と赤子を抱えた一九は途方に暮れた。子供たちのためにえつを娶った、といえばまだ聞こえはいいが、勝手に転がり込み、子供を押しつけて、相変わらず執筆と遊興に明け暮れていた。割を食ったのはえつである。

けれどそんな夫婦でも、長年ともに暮らしていれば、互いに掛け替えのない一対になるのか。一九の枕辺で泣き笑いをしていた継母の顔を、舞は思い出している。

「あんたたちがいなけりゃ、あたしこそ、あんなやつ、とうに追い出してるよ」

「長谷川町のおよしさんみたいに……」

「およしさんだけじゃないよ。上方にいたときも女房に叩き出されてるんだから」

「その話ならあたしも森屋さんから聞いたけど、お父っつぁんは昔のこと話したがらないし……。駿河で生まれて、なんで上方にいたんだろ。どうして上方から江戸へ来たのかしら」

「女房に離縁されて居づらくなったんじゃないかえ」

「そんなことで尻尾を巻いて逃げ出すとは思えないわ」

一九は他人など意に介さない。江戸でもおよし、民、えつと三人の妻を娶っている。しかも、離縁したおよしのもとへ借金しに行ったこともあるという厚顔な一九だった。上方から江戸へやって来たのは、駿府から上方へ移ったのと同様、そうせざるをえない理由があったためにちがいない。

そもそも、一九はどんな半生を送ってきたのか。

「あれ、鍋が吹きこぼれちまう」

えつは腰を上げた。

「離縁って言えば、お栄さんのほうはどうなったんだい」

「どうなったもなにも……三行半を突きつけられたんだもの。今さらどうしようもないでしょ」

舞も包丁を取り上げた。菜を刻む。

「受け取り状は渡したのかい」

「それはまだのようだけど。もともと持参金もないし、離縁だと言われれば、はい、そうですかと従うしかないもの」

夫から離縁を申し渡すときは、妻の持参金をそっくり返すのが決まりだった。使い果たしてしまって離縁ができない、という例もままある。が、等明とお栄の場合は、ふんだんに銭のある等明が無一文を承知で師匠の娘を妻にした。持参金などない。つまり、お栄は丸裸で追い出されたのだった。

「はじめから無理な話だと思ったよ。お栄さんが人妻になるなんて」

えつがもらした感慨は、万人の思いを代弁したようなもの。

「だからさ、等明さんがわるいのよ。お栄さんは昔っからああなんだもの。それがわかってて女房にしたんじゃない」

「ま、そうだけど。等明さんも、あそこまでとは思わなかったんじゃないかえ」

お栄は何度も家出をした。詫びるどころか、等明が迎えに来るまで頑として帰らなかった。自業自得である。

「人には添うてみよと言うじゃないか。一緒に暮らしてみなけりゃわからないよ」

あんたも気をおつけ、と言われて、舞はしばし忘れていた玉の輿を思い出した。添うてみようにも、輿が空《から》のまま駆け去ってしまったのでは話にもならない。

惚れ惚れする男だったのになァ――。

旗本の嫡男、野上市之助を思ってため息をつく。

昼餉のあと、舞とお栄は井戸端で洗い物をした。

つい先日まで指が凍りつきそうだった水も日に日にぬるんで、洗い物ももう苦にならない。さっさとすまそうと思えばとうに終わるはずだった。ぐずりぐずりと井戸端にへばりついているのは、二人それぞれ屈託があるからで……。

舞はこの日、踊りの稽古だった。とはいえ、あんなことがあった翌日である。勘弥姐さんの阿修羅のような形相を思い、出かけるのをためらっている。

一方のお栄も、離縁状を叩きつけられたばかりだ。風邪のほうはいくらかましのようで鼻の赤みは薄れているが、いつもの元気はなかった。動かぬ目でじっと足下を見つめている姿は憐れを誘う。自分のことで精一杯の舞でさえ、声をかけずにはいられなかった。

「ねえ、お栄さん、大丈夫……」

「ン」

涙をこらえているのか、お栄は目を向けようとしない。

「今は辛いだろうけれど、すぐに忘れてしまうって。そうよ、かえってよかったのかもしれないわよ。喧嘩ばかりしてたんだもの。いっそすっきりしてさ……」

「うるさいねえ。しッ、黙って」

お栄は尖った声で言い返した。と思うや、雷が落ちたような大声を上げる。

「あーあ、ごらん。舞のせいで台なしだ」

「なにが……」

「蛙」

「え」

「あれは土蛙だよ。ちょうどいい、描こうと思って見てたのに、あんたがぎゃあつく言うから逃げちゃったじゃないのさ」

お栄はぷりぷりしている。

「蛙を……描くの」

そうか、お栄は常人ではなかったのだ。舞は改めてお栄の顔を見た。離縁状に動揺していたはずだが、今のお栄の顔には動揺のかけらもない。絵を描くことに比べれば、離縁など物の数にも入らないのだろう。

舞は毒気を抜かれたように、もごもごと謝った。

「土蛙ってのはね、鳴き声はにぎやかだけど、ちっこくって土塊《つちくれ》みたいでさ、そばで見るなんてめったにないんだから」

そういえばお栄は蛙に似ている。土蛙なら鏡を見て描けとでも言いたいところだったが……。

「はいはい。あたしがわるうございんした。もうご勘弁を」

下手《したて》に出てきげんをとろうとしたときだ。よく通る女の声が聞こえた。たった今やって来たところか、玄関先でえつに話しかけている。

「姐さんだッ」

舞は色を失った。

なぜ、わざわざ訪ねて来たのか。答はひとつ。昨日、舞は挨拶もろくにしないで帰ってしまった。おまけにお栄は余所様《よそさま》の巻紙に絵を描いた。旗本家から文句を言われ、怒り心頭、文句を言いに来たにちがいない。今日より師匠でも弟子でもない、二度と稽古に来るな、とでも申し渡しに来たか。しまりやの姐さんのこと、となれば、駕籠代をよこせと催促に来たということも……。

「お栄さん、ね、あたしは家にいないってことにしてくれない」

「どこにいるんだって訊かれたらどうすんのさ」

「家出したとか駆け落ちしたとか……もう、なんでもいいからさ、大川へ飛び込んで死んじまったとでも……」

舞は逃げ出そうとした。

遅かった。姐さんがこちらへやって来る。

舞とお栄を見ると、驚いたことに、姐さんは満面に笑みを浮かべた。

「一九先生、大事にならずにすんだんだってねえ。よかったよかった」

あまりにきげんがよいので、頰をつねりたくなるほどだ。

「どうなったか心配でね、居ても立ってもいられず来てみたのさ」

「それはどうも……。あの、姐さん、野上さまのお屋敷は……」

さぞや大騒ぎだったでしょうねと訊ねるつもりが、姐さんの上ずった声に遮られた。

「実はそのことなんだけどね、若殿さまもご用人さまもいたく同情してくださってね、ごらん、あんたに見舞金まで届けてくださったのさ」

姐さんは、見開いている舞の目の前に袱紗《ふくさ》包みを突き出した。

「だったら……あたしのこと、怒ってはいないってこと……」

「怒ってなんぞ、おられませんよ。父親のためにすっ飛んでったあんたをえらくお気に入られたようでね、約束どおり、必ず指南に参るようにと、念を押されましたよ」

思いもよらぬ話だった。しかも、それでお終いではなかった。

「ああっと、お待ちよ。お栄さん。あんたにも話があるのさ」

ひと足先に立ち去ろうとしたお栄は首をかしげる。

「あんたの絵だけどね……」と、姐さんは息をはずませた。「若殿さまがごらんになられて、たいそうお褒めになられたんだとさ」

今朝、遣いの者が姐さんの家へ見舞金を届けてきた。そのとき絵の話が出た。

「屛風絵を描いてほしいそうだよ。はら、ここに前金も」

姐さんがあわてて駆けつけたのは、お栄の承諾を得るためだという。

舞とお栄は顔を見合わせた。

「どうだい。むろん、描いておくれだよね」

礼金ははずむという。お栄がぼーっとしているのは、銭ではなく、女の自分に屛風絵を描かせようという旗本の英断に感激したせいだろう。お栄にとって、自分の絵が認められるほどうれしい話はないのだから。

「そりゃもちろん描くわよね」

舞は目をかがやかせた。お栄は両手を揉み合わせる。お栄が幸運をかみしめるようにうなずくのを見て、姐さんはほっと息をついた。

「なにを描くかは、まかせるってさ」

「だったら、あれ」

「あれって……」

「土蛙」

井戸端の草むらから、ギイギィと声だけが聞こえている。

お栄はうっとりと耳をかたむける。幸せそうなその顔を見ているうちに、舞もなにやら妙《たえ》なる調べを聞いているような気分になっていた。

くたびれ儲け

一

また雨か――。

舞《まい》はため息をついた。

戸外は灰色に煙り、分厚い雲におおわれた空は、しぼってもしぼっても乾かぬ雑巾さながら、ひっきりなしに水滴を撒《ま》き散らしている。例年にない長雨のせいで、江戸近郊では川があふれ、村々の田畑や家屋は水びたしになっているとやら。

舞の家は通油町の地本《じほん》会所の敷地内にある。二階の舞の部屋の出窓は表通りではなく、雑草がはびこる裏庭、井戸、さらにその後方にある棟割長屋に向いていた。

江戸は火事が多い。燃えても建て替えがしやすいよう、長屋は板葺屋根に下見板壁でできている。ぞんざいな造りだから、住人たちは雨漏りに悩まされているにちがいない。

余所様《よそさま》の心配をしている場合ではなかった。こちらもだだっ広いだけが取り柄の借家、雨漏りに悩まされている。ぽとぽとと耳障《みみざわ》りな音をたてる盥《たらい》を空の桶とすり替え、八割方水のたまった盥を抱えて、舞は窓から身を乗り出した。

「うわーッ」

「ありゃ、お父っつぁんッ」

どうしてそんなとこに……と問いかけるのはやめ、舞は盥を放り出して階段を駆け下りた。奇人の父にあれこれ言ってもはじまらない。雨の中になぜ突っ立っていたのか。おそらく寝ぼけて小用でもたしていたか、でなければ酔いをさましていたのだろう。どうせぬれているのだから、盥の水をかぶったところでどうということもなさそうだったが……。

階下ではもう一人の奇人、お栄《えい》が、畳に這いつくばって絵筆を動かしていた。先日、旗本家に屛風絵をおさめた。たいそう気に入られ、お栄は気をよくして、このところ蛙の絵ばかり描いている。

「ちょいとねえ、畳、ぬれてるわよ」

雨が吹き込んでいた。お栄は知らん顔である。

「ねえってば」

「ふん」

生返事をしただけで、目を向けようともしない。家が流されるまでにはまだだいぶ間がありそうだ。ま、いいや、放っておこうと、舞は顔をそむける。

「おっ母さん、手拭い手拭い」

台所へ飛び込むや、漬物樽に腰をかけて居眠りをしていた継母のえつが顔を上げた。

「騒々しいねえ、何事だい」

父に水を浴びせかけた話をすると、えつはけらけら笑った。

「おまえも馬鹿だねえ、手拭いなんか、いるもんかえ。とうにぐしょぬれだよ」

「そりゃそうだけど……」

「風邪ひくからおよしって言ったのに、風呂がわりにちょうどいいとか言ってさ、出て行っちまったんだから。きっと陸湯《わかゆ》でも浴びた気になってるよ」

陸湯は湯屋で出しなに浴びる上がり湯のことだ。

「居候の大食らいはどこ」

「稲荷で素振りでもしてるんじゃないかえ」

「この、雨の中で……」

「外へ出たくてうずうずしてたもの」

今井尚武《いまいしょうぶ》は、この家の三人目の奇人である。

「まったく、どいつもこいつも」

「あれじゃあねえ、敵《かたき》持ちみたいだよ」

えつのひと言に、舞はぎょっとした。駿河からやって来た尚武は浪人者で、武士を棄てて一九《いっく》の弟子になると言ったくせに、隣の朝日稲荷で、日々、剣術の稽古に励んでいる。いったいなんのつもりか。

舞は勝手口に立てかけてあった番傘をさしておもてへ出た。

風が強い。横なぐりの雨であっというまに着物はびしょぬれだ。連日の悪天候で足下ははじめからびちゃびちゃ。ぬかるんだ地面に下駄の歯がずぶりと食い込んで、ひと足ごとに泥水が飛び散る。

家のまわりをぐるりとまわってみたが、父の姿はなかった。

一九は昨年来、中風を病んでいる。はじめは手足の軽い痺れだった。今年になって症状が進み、体の節々も痛むようになった。ときおり起きられない日もある。階段から落ちて大騒ぎになったこともあったが、病状は一進一退で、具合がよければ歩くこともできるし、執筆もできた。しかも、いまだに酒を浴びるほど飲んでいる。

養生、などという言葉は、一九の頭にはないのだ。

お父っつぁんたら、身から出た錆だわ――。

腹立たしいとは思うものの、雨の中、倒れてはいないか、歩けなくなってぬれそぼってはいまいか、気が気ではなかった。

まったく人騒がせったら……どこ、行っちゃったのよ――。

会所を覗いたが、だれもいない。ついでに隣の朝日稲荷を覗く。

お堂にふたつの人影があった。

一九と尚武である。

やっぱりそうかと舞は眉をひそめた。育ち過ぎの子供のような二人は、このところの長雨で遊興にもくり出せず、退屈しのぎに悪戯《いたずら》の相談でもしているのだろう。

境内は水溜りだらけだ。裏の藪を抜けて、お堂へ向かう。

「まだ見つからぬか」

突然、一九の声が耳に飛び込んで来た。

「逃げ足の速い奴にて」

「彼奴《あいつ》にはわしも煮え湯を飲まされた」

「大坂、にござったか」

「うむ。殿がご存命なれば、もうひと働きしたところだ」

「いやいや、お手前は存分にお働きになられた。お父上も喜んでおられたはず」

「ふん。父、などと……」

「お父上はお父上にござる」

舞は首をかしげた。彼奴だの殿だの父上だの……いったいなんの話か。それより妙なのは、二人の会話がいつもの調子とはまるでちがっていることだった。八方破れの戯作者、十返舎《じっぺんしゃ》一九と、厚かましさの権化《ごんげ》のような押しかけ弟子の今井尚武、二人は大酒を食らい、馬鹿話に興じ、遊びほうけているか戯作に熱中しているか、真面目な――というより緊迫した――話をしたことなど、舞の知るかぎりでは一度もなかった。

問いただそうか。

足を踏み出そうとしたが、なぜかできなかった。雨脚が強まり、声が届かなくなったのをしおに、舞はきびすを返した。藪陰をたどって家へ戻る。

「どうだった。どっかで倒れてたんじゃないだろうね」

「居候と二人、お堂で雨宿りしてたわ」

「おやおや、そんなこったろうと思ったよ」

えつは大あくびをする。

すぼめた番傘の水を切りながら、舞はまだ、二人はなんの話をしていたのかと考えていた。

二

久々の曇天である。

このまま雨が上がりますように――。

いいかげん、うんざりしていた。

舞は月に一回、旗本の野上《のがみ》家へ踊りの出稽古に通っている。といっても、まだ二度、出向いただけだ。それも一度は屏風絵を届けるというお栄が同行したので、稽古のかわりに絵画談議をして終わってしまった。稽古らしい稽古をしたのは一度きりだ。

それでも、舞はもう、野上家の嫡男、市之助《いちのすけ》にのぼせあがっていた。

色白の涼やかな美貌は、いかにも育ちのよい若殿さまらしい。言葉つきも上品なら、立ち居振る舞いも美しく、手など添えて教えようとすれば芳しい香りに陶然となる。ときに酒臭く、ときに汗臭く、大柄で存在自体がうっとうしい尚武とは雲泥の差だった。

大雨が降れば出稽古は中止になる。数日後に迫った逢瀬を思い、祈るような思いで空を見上げたときである。玄関で訪《おとな》う声がした。

一九は足腰が痛いと言って寝ている。尚武は錦森堂《きんしんどう》へ出かけていた。えつもさっき内職の仕立物を抱えて出て行った。人気戯作者、『東海道中膝栗毛』で大当たりをとった一九の家も、内実は貧しい。

家には他にもお栄がいた。が、亭主に離縁された後も当たり前の顔で居座っている女は、はじめから物の役には立たない。自分が居候であることさえ忘れているのか、絵を描く以外、縦の物を横にする気配もなかった。

舞は玄関へ出て行った。

戸口でかしこまっていたのは、深川亀久町のお栄の実家の隣人だった。お栄の母のおことに頼まれて、伝言を届けに来たという。

「ちょうどこっちへ来る用事があったもんだから」

人のよさそうな若者は目を瞬いた。

「北斎《ほくさい》先生のお従姉《いとこ》さまだという、お武家の奥さまが訪ねてみえられたんでさ。なんでも、ご先祖さまの墓参をなさるために遠方よりおいでになられたとか……。それで、お栄さんに案内をしてもらいてえそうで」

そういえば、北斎の生母は武家の出だと聞いたことがある。

「ご先祖さまというと……」

「小林平八郎《こばやしへいはちろう》さまと仰せだそうで。ついでに吉良《きら》家の墓参もなさりたいと」

小林平八郎といえば吉良家の家老だ。赤穂浪士討ち入りの際に斬り死にをした。平八郎には娘がいて、この娘が北斎の母方の祖母に当たる。といっても、これは北斎の十八番《おはこ》、自慢げに語ってはいるものの、真偽のほどはわからない。

「先生がどこにいるかわからねえもんで、使いのもんがおことさんのところへ」

北斎は本所亀沢町の榿馬場《はんのきばば》に家を持っていた。階下に広々とした仕事場のある一軒家で、ここが本拠地である。が、一カ所にいては描けないと、しょっちゅう仕事場を変えていた。目下、榿馬場の家は空き家だ。女房のおことでさえ、亭主の居所を知らない。

「よく亀久町がわかったわねえ。でも、それならなにもお栄さんでなくても……」

引っ込み思案のおことが、武家の奥さまの来訪に動転するのはわかる。だが北斎には、前妻との間に二男一女がいた。なにもお栄を呼ばなくてもよさそうなものだ。

無愛想なお栄には、もっともふさわしくない役である。

「しかたがねえんでさ。おことさんは腰が痛くて動けねえ、他の衆もそれぞれに用事があってつかまらねえそうで」

舞が口をはさむことではなかった。

「で、お客人は今どこに……亀久町、それとも亀沢町？」

「だから亀……」

「沢町ね」

「へいへい」

早いとこ自分の用事に出かけたくて、若者もうずうずしている。

「わかったわ。それじゃ、お栄さんを亀沢町へ行かせればいいのね」

「へえ」

「ご苦労さま」

駄賃を渡して帰した。舞はお栄のもとへおもむく。

お栄は鬼気迫る形相で絵筆をにぎっていた。

「ねえ、お栄さん」

目も上げない。

「お栄さんてば。聞いてよ。小母さんがあんたに来てほしいって」

話を伝えても、聞いているのかいないのか。

「ねえ、行きたくないのはわかるけど、あんたのお父っつぁんのお従姉さまなんだからさ、遠方からはるばる訪ねて来たっていうし、放っとくわけにはいかないわよ」

馬の耳に念仏。

「ねえ、お栄さんッ、ちょいと、聞いてるの」

「うるさいねえ」

「うるさいって、あんたのことじゃないのさ。早く行かないと」

「舞、行きな」

えッと舞は絶句する。

「冗談じゃないわよ。なんであたしが……。馬鹿なこと言わないで、さ、早く」

お栄は絵筆を放さない。

「ねえ……」

「いいからサ」

「よかないわよ。とんでもない。あんたの身内じゃないの」

「あんたがお栄だって言えば」

「あたしが……お栄さんて……。いやいや、身代わりなんて、ごめんですよ」

お栄はようやく目を上げた。

「あのね、あとあと役に立つと思うけど」

「どういうこと」

「だからサ、お武家の奥さまになろうってんなら」

「あ……」

「野上家のことだって、知ってるかもしれないし」

お栄に丸め込まれるのはこりごりである。身構えながらも心が動いたのは、生来、お人好しの上に、野上家というひと言がぐさりときたからだ。

「だけど、あたし、そんな、困るわ」

「いやなら、放っとこ」

「放っとくったって……小母さん、今か今かと待ってるわよ、腰が痛いのにだれも助けが来ないまま……ああ、どうしよう」

お栄はもう他人事《ひとごと》のような顔で絵筆を動かしている。

舞はおろおろと歩きまわった。

「しかたがない、小母さんに事情を話してくるわ」

そうと決まれば早いほうがいい。舞は二階へ駆け上り、よそゆきの着物に着替えた。雨つづきで家にこもっていたから、久々の外出となればそれなりに胸が躍る。

「代わりにお父っつぁん、頼むわね」

「ふん」

頼りない返事ではあったが……。

舞は家を飛び出した。

三

両国橋を渡る。

長雨で大川の水嵩が増し、流れも速まって、あたりの景観までいつもとはちがって見えた。曇天の下を早足で行き交う人々の顔も心なしか生気がない。

勇んで出て来たものの、長い橋を渡り終える頃にはもう、舞はこのままひき返したい気分になっていた。

お栄さんは来ないと伝えたら、すぐ帰ろう。なにも、お栄の代役をつとめてやる義理はないのだから。

　鎧馬場の北斎の家へ急ぐ。途中、回向院の脇道を通り抜け、松坂町へ差しかかったところで、ぬかるみに足をとられて転びそうになった。少し行ってまた突っかかる。三度目には鼻緒が切れた。よほど運気がわるいのか、いつにないことである。

　ああ、なんてこと——。

　こんなときのために持参していた手拭いを裂いて、鼻緒をすげ替えた。

　松坂町を出れば、鎧馬場はすぐそこである。何度も訪ねているから迷いようがない。それなのに北斎の家の前をうっかり通り越してしまいそうになった。見慣れた二階家の前に、見慣れぬ一行が陣取っていたからだ。町駕籠とはちがい、贅沢な塗り物の駕籠が二丁。駕籠を担ぐ六尺の他に、壮年と初老の武士が二人。

　北斎の従姉は、武家の中でも相当身分のある家の奥さまらしい。会釈をしたものの、だれ一人、舞には目もくれない。

　北斎の家は相変わらず殺風景だった。かつて北斎とお栄がそろって絵を描いていたとっつきの板間は、四方に明かり取りの窓がある。曇天の薄暗がりの中に、女が二人、座っていた。

　人の気配に気づくや、二人は拍子を合わせたように首をまわした。

一人は白髪まじりの髪をかたはずしに結い、藤色の地に流水文の着物を着た女で、今一人はそれより若く、丁子茶《ちょうじちゃ》の地に花唐草文の着物を着た女である。年格好からして、白髪の女が北斎の従姉で、もう一人は侍女か。色白面長の寂しげな表情がよく似ているから、ただの侍女ではなく、血縁かもしれない。

女は六十そこそこに見えた。北斎は六十をいくつか過ぎているはずだ。もっとも、髦《ほう》けた白髪をなびかせ、しわくちゃの藍木綿に足は麻裏草履、いつ洗ったかわからぬような顔をした老絵師は、とうに世俗の年齢など棄てている。

「あのう、ようこそお越しくださいました」

女たちがもの問いたげに見つめているので、舞はとりあえず挨拶をした。

「ええと、おことと小母さんは……」

二人の女は目を合わせる。年若のほうが口を開いた。

「こなたさまは、お栄さまでござりましょうか」

「え、いえ、わたしは……」

「お待ち申しておりました。こちらこそ、お越しいただき重畳《ちょうじょう》にございまする」

「は、はア……」

「こちらの御方さまは於登志《おとし》さまと仰せられまする。わらわがことは美也《みや》とお呼び願わしゅう。本日はなにとぞよろしゅう御願い奉りまする」

美也は両手をついて挨拶をした。

舞はぽかんと口を開ける。

「はァ、でも、わたしは小母さんに……」

「日が長い季節とは申せ、あいにくの曇天。二寺を巡るには急がねばなりませぬ。お栄さまにはご同道いただき、ご安心を。六尺どもには行き先を伝えてござります。お栄さまにはご同道いただき、御方さまのお話し相手をおつとめいただきますれば望外な喜び……」

歌舞伎の舞台でも観ているようだった。父の一九は若い頃、上方で浄瑠璃の本を書いていたことがある。中風になる前は、銭もないのに書肆《しょし》や贔屓《ひいき》の豪商にせがんで芝居町に出入りしていた。舞も子供の頃、何度か連れて行ってもらったことがある。

大仰な言いまわしもさることながら、二人の女はいずれも芝居から抜け出したような……というより、浄瑠璃の人形そのもののようだった。目をみはっているうちに、舞は断る機会を逸していた。気がつけば女たちは、ツツツと、歩くというよりすべるように、早くもおもてに出ているではないか。

旗本か、大名家の重臣か、いずれにしても於登志は大身の妻女にちがいない。

嫁き遅れになるのではないかと不安にかられ、今年こそ玉の輿に、それもできることなら武家へ嫁ぎたいと舞は焦《あせ》っていた。一九は武家の出である。といっても、今はただの戯作者だから、舞が武家に嫁ぐには武家の養女になるしか道はない。もしやこれは、思いもかけぬ幸運が天から降って来たのかも……。

於登志は駕籠に乗り込んだ。

「さ、お栄さまもこちらへどうぞ」

美也がもう一丁を指さした。駕籠は二丁。

「お美也さまは……」

「わらわのことはお気遣いのう」

美也ははじめて笑みらしきものを見せた。眸がきらりと光り、唇の端がわずかに持ち上がったのを、もし笑みと言えるのならば。

舞は身をかがめ、駕籠へ入った。中はひやりとして夏だというのに肌寒い。四周には金箔で紋様が描かれ、芳しい香りがただよっている。座布団はなんと羽二重だ。使いつけないから落ち着かない。

一行は出立した。どこのお武家さまの行列かと、道行く人々も目引き袖引きするにちがいない。そう思ったが、案に反して、簾戸《すど》を細く開けて見たかぎりでは、振り向く者さえいなかった。本所は武家屋敷が多い。この程度の行列では珍しくもないのだろう。

いくらも行かないうちに行列は止まった。本多家と土屋家の間の路上である。大名屋敷の裏手は松坂町で、さっき舞が通って来たところだ。

なにごとかと見ると、美也と武士がなにやら言い合っていた。

「なりませぬ」

壮年の武士が声をひそめて言った。

「なにゆえじゃ。はるばる下って来られたのでござりますぞ」

美也も尖った声で言い返した。

「まあまあ、お美也どの、屋敷はとうに取り壊されてござる。町家を見たとて詮なきこと。かえってお辛い思いをおさせするだけじゃ。さ、先を急ごう」

初老の武士が間に入って、美也は不服そうながら口を閉ざした。

再び行列は動き出す。

駕籠にゆられながら、舞は今の三人のやりとりについて考えていた。

北斎の生母は吉良家の家老、小林平八郎の孫娘だという。真偽のほどはともあれ、北斎は事あるたびに言いふらしていた。

平八郎は吉良邸にて赤穂浪士に斬殺されている。吉良邸は、回向院と通りをはさんだ向かい側の、本多家と土屋家の西隣にあった。松坂町一丁目二丁目は、吉良邸お取りつぶしの跡地にできた町である。縁起が悪いと武家衆が転居を忌避したので、そっくり町人地になった。

美也と武士は、平八郎が非業の最期を遂げた場所を訪ねるか否かで言い争っていたのだろう。せっかく遠方から来たのだから立ち寄って行こうという美也。なにもないから無駄だと言い張る武士……。

赤穂浪士の吉良邸討ち入りがあったのは元禄時代だから、今から百二十年あまりも昔の出来事である。数々の芝居になり、いまだ人口に膾炙《かいしゃ》されてはいるものの、今、松坂町を行き来する人々は、自分がかつての吉良邸内を歩いている、などとは思わない。が、吉良邸では当夜、吉良上野介《こうずけのすけ》義央《よしひさ》の首級《しるし》があげられ、平八郎以下、二十人近い斬死者が出た。

もしや、鼻緒が切れたあの場所は――。

ふっと思い、舞はぞくりと身をふるわせる。

駕籠は空を駆けるような速さで進んでいた。羽二重の座布団に座っていると雲の上にいるようだ。両国橋を渡り、神田川沿いに繁華な街中を抜けて、一路、西へ向かう。牛込御門を出て神楽坂をさらに西へ、毘沙門天が見えてきたところで北へ曲がった。

武家屋敷の合間に、寺社が林立している。

一行はひときわ広大な寺の門前で止まった。

「ここはなんというお寺ですか」

駕籠を降りるや、舞は傍らにいた初老の武士に訊ねた。

おことの伝言によれば、客人を案内するのはお栄の役目のはずだった。これではどちらが案内役かわからない。

案の定、武士はけげんな顔をした。

「今川家ゆかりの万昌院《ばんしょういん》ではないか。吉良さまの菩提寺、むろん、ご家老の墓もある」

そこへ美也がやって来た。

「さァ、お栄さま、御方さまの御手をとって差し上げてくださいまし。お栄さまの御介添えがのうては、御方さまは御墓参もいたしかねまする」

馬鹿ていねいな物言いは浮き世離れしている。が、もっと浮き世離れしているのは、介添えがなくては墓参ができないという話そのものだった。なんのことかと舞は首をかしげたものの……。

お栄は奇人だ。北斎は娘に輪をかけた奇人だった。となれば、その生母やご先祖さまだって、常人であろうはずがない。

いずれにしろ、舞の頭は別のことにとらわれていた。於登志に取り入ること。精一杯尽くして気に入られ、この娘ならぜひとも後ろ盾になってやりたいと思わせればしめたものだ。事情を打ち明け、本名を告げるのはそれからでも遅くない。

美也にうながされ、舞は於登志の手をとった。血が通っているのかと疑うほど、ひんやりとした手である。

舞に手を預けたまま、於登志はまっすぐ前方を見つめていた。先祖の墓に詣《もう》でるだけなのに、どこか悲愴にも見える決然とした目の色だ。由緒正しい吉良家は、討ち入りという理不尽な目にあって取りつぶされた。主家に殉じた小林平八郎の末裔《まつえい》なら、むろん、心に穏やかならぬ思いがあるにちがいない。

遠くから合掌しただけで本堂へは立ち寄らず、一行はそのまま墓所へ向かった。

吉良家の墓所には、丈の高い五輪塔が並んでいた。吉良上野介義央はじめ妻女や嫡子、先祖や縁者の墓石である。

一塔の前で、於登志は突然、はらはらと涙をこぼした。

「御嫡子の左兵衛さまの御墓にござりまする。左兵衛さまはお気の毒な御最期であられました。上野介さまの実の御孫さまなれど、上杉家へ御養子に出された御子息さまの御子にて、上杉家より祖父母の御もとへ養子においであそばされたのでござりまする。まだお若い身で襲撃にあわれ、手傷を負われたを不届と決めつけられ……信州へ遠流《おんる》となられて、わずか二十二にてみまかられましてござりまする」

美也が小声で説明を加える。

「あら、ちっとも知りませんでしたわ」

舞がうっかりつぶやくと、美也は困惑顔で唇に指を当てた。

「お栄さまが知らぬでは、御方さまが嘆かれましょう。赤穂浪士ばかりがもてはやされ、吉良家ゆかりの者たちが悪《あ》しざまに言われることに、それでのうても、御方さまは心底、悔しい思いをしておいでにござりまする」

言われてみれば、被害にあった上にお取りつぶしとなった吉良家側が一方的に悪者にされるのは、たしかに不公平である。あまのじゃくの北斎がことさら吉良家の家老の血筋を言い立てるのも、そうした軽々しい世間に抗《あらが》おうというのだろう。

於登志はまだ両手を合わせている。

その真剣な横顔に、舞は胸を打たれた。

「香華《こうげ》など手向《たむ》けなくてもよろしいのでしょうか」

美也に言ってみる。

「おうおう、さようにございました」

美也は袖口から線香を取り出して舞に手渡した。火打ち箱は初老の武士が持参していたが、だれも線香に火を点《つ》けようという者はいない。八つの目が、期待を込めて舞を見つめている。

となれば、舞が点けるしかなかった。一同が遠巻きに眺める中、しゃがんで火打ち石の火を紙縒《こより》に移し、さらに線香へ移して、灰の入った器へ立てる。細い煙がゆらゆらと立ち昇ると、八つの目は一斉に空を見上げた。

「閼伽《あか》桶《おけ》に水を汲んで参らねばなりませぬ」

美也はまた舞を見た。

だれも動こうとしないので、舞は井戸端へ飛んで行き、桶に水を汲んで戻る。吉良家の墓石それぞれに香華を手向け、水を撒き、合掌をしたのち、小林平八郎の墓にも同じことをくり返した。「即翁元心居士」と彫られた墓石から香華が立ち昇ると、一同は感極まったと見え、一斉に洟をすする。

先祖の不幸、ではあった。が、百年以上、昔の事件である。ところが於登志一行といると、つい昨日の出来事のようだった。

墓参を終え、舞が桶を井戸端へ返して戻って来ると、於登志ははじめて舞を見た。

「大儀《たいぎ》」

と、声を発する。はじめて聞く於登志の声は、線香の煙のようにか細い。

「参りましょうぞ」

美也にうながされて、一行は吉良家の墓所を後にした。舞が於登志の手をひくのも、於登志が当たり前の顔で手をひかれるのも、往路と同様。訊ねたいことはいくらもあったがなぜかなにひとつ訊けぬまま、舞は一行と共に門前へ戻る。

寺門をくぐってから戻るまで、僧侶や寺男はもとより、墓参の人々にも出会わなかった。あらかじめ人払いでもしているのか。ふしぎな気もしたが、そんなことをあれこれ考える暇もなく、一行は出立した。

美也の話によれば、小林家代々の墓所は本郷の慈眼寺《じがんじ》にあり、平八郎の墓はそちらにもあるという。昼間なのに、日暮れ時のように暗かった。遠雷が聞こえていたが、雨は降りそうで降らない。

駕籠はまたもや天空を駆けるような速さで前進した。二人の武士はともかく、美也は女の足でよくぞついて来られるものである。が、そんなことを考えるのもおっくうだった。お栄や北斎の縁者なら、これしきのことでおどろくには当たらない。今度は東へ向かっていた。真っ先に主家である吉良家の墓参を済ませ、帰路に少々遠まわりをして、小林家の墓参をしようというのだろう。

ほどなく本郷丸山の慈眼寺に到着した。

於登志と舞は駕籠を降りる。寺門をくぐり、美也を先頭に、於登志の手をひいた舞、つづいて二人の武士が列をなして墓所へ向かう。

ここでも参詣人には出会わなかった。小坊主が一人、竹箒で境内を掃き清める手を休めて、こちらを眺めている。辞儀をしても会釈を返さないのは、由緒ありげな一行に当惑しているのか。

小林家の墓所でも、同じことがくり返された。動きまわるのはことごとく舞で、あとの四人はただ見守っているだけ。舞が平八郎の墓石に香華を手向けると、四人は次々に合掌をした。

ここは小林家の墓所である。於登志はむろん、美也も二人の武士も感極まったのか、無念の涙を迸《ほとばし》らせた。むせび泣く四人に囲まれて、舞も思わずもらい泣きをしている。なぜか、たまらなく悲しかった。

氷のような指が舞の指にふれ、舞ははっと目を上げた。

「心やさしき娘御じゃのう。昨今の女子《おなご》は涙も見せぬと悔しゅう思うておったが……」

於登志だった。じいっと舞を見つめている。

「世が世なら、そなたも武家の女」

「はい。わたくしも無念でなりません」

「おうおう、さようか」於登志は美也に目を向けた。「この娘、気に入ったゆえ連れ帰りたいが、どうであろうの」

舞は快哉を叫びそうになった。武家の養女になれば、野上家へ嫁ぐ夢も叶《かな》うかもしれない。大それた夢にはちがいないが、といって、見果てぬ夢ではなかった。だが大酒飲みの上に偏屈で甲斐性なしで、娘の稼ぎを当てにしている一九や、居候のくせにいけずうずうしくも許婚《いいなずけ》の気でいる尚武と一緒では、この先も玉の輿など夢のまた夢……。

舞はすがるような目で美也を見る。

美也は狼狽しているようだった。

「なれど、お栄さまは、まことにそれで、およろしいのでござりましょうか」

「それはもう」

「なれど、それは、このまま、われらと一緒に参られるということにござりますよ」

「このまま……このままとは、家へは帰らずにってことでしょうか」

「はい。われら、長居は叶いませぬゆえ」

大仰な旅支度はしていない。遠方といっても、せいぜい上州か上野か相模あたりか。それにしても、このままついてゆくのはいくらなんでも無謀だった。

「あら、このままというわけにはいきません。家族に話さなければ……仕度もありますし、あちこち手筈をしてからでないと……」

肝心の野上家の出稽古だってあるのだ。すっぽかすわけにはいかない。

「とにかく、父に相談をしませんと……」

「そなたの父など、いないも同然であろう」

於登志が口をはさんだ。お栄の父は北斎、たしかに北斎は居所不明である。

「それはそうですけど……」

ふいに、眼裏《まなうら》に父の顔が浮かんだ。きげんよく馬鹿話に興じている一九、別人のように怖い顔で文机に向かっている一九、虚《うつ》ろな目で痺れた手を開いたり閉じたりしている一九……。中風の亭主を抱えて、えつはますます苦労を背負い込むことになる。その上に居候が二人。尚武は何者か。本物のお栄はいつまで居候をつづけるつもりか。

舞はにわかに我が家が恋しくなった。

「お誘いいただき、身に余る光栄です。でも、やっぱり、このまま行くわけにはいきません。どうか、お許しくださいい」

美也は安堵したように息をついた。

「許すも許さぬも……それでようござりまする。のう、御方さま」

「ふむ、無理強いはできぬのう」

於登志もしぶしぶうなずく。

さァ、帰りましょうと美也がうながし、一同はぞろぞろと門へ向かった。通りすがりにさっきの小坊主にまた出会ったので、

「ご挨拶をいたしませんでしたが、ご住職さまにくれぐれもよろしく」

と、舞はていねいに会釈をした。

小坊主は目を泳がせ、ひとつ、くしゃみをしただけだった。

なんてこと、礼儀もなにもありゃしない——。

舞は胸のうちで毒づく。

門を出るまでに、身代わりの一件を打ち明けるつもりだった。言おう言おうと思いながら、とうとう言えなかった。片手を預けながらも、於登志はもう舞がそこにいることさえ忘れたかのように、思い詰めた顔で虚空をにらんでいる。他の三人も、平八郎の墓所に詣でて昔の悔しさがよみがえったのか、険しい顔をしていた。とりつく島がない。

駕籠に乗り込む際、於登志は思い出したように舞を見た。

「残念だこと、一緒に参ればよいものを」

舞は於登志の手をにぎりしめた。

「あらためまして、こちらからお訪ねいたします」

北斎の従姉なら、ここで訊ねなくても、おことが住まいを知っている。これだけ気に入られたのだ。いざとなれば、力になってもらえるはずである。

於登志と美也は目を合わせた。

「さすれば再会を、心待ちにしておりますぞ」

於登志が言う。

美也は簾戸を閉めた。

もうひとつの駕籠に舞が乗る。一行は帰路についた。

慣れない駕籠にゆられた。井戸端と墓所を往復した。香華も手向けた。武家の奥さまの意に適うよう、気を配っていたせいかもしれない。どっと疲労がおそってくる。

うとうとしていたらしい。気がつくと駕籠が止まっていた。

「お栄さま、お降りくださいまし」

美也が呼んでいる。

いつのまに広小路を通り抜けたのか。一行は両国橋の西の橋詰に来ていた。

「でも、ここはまだ……」

舞の家のある通油町はこちら側だが、お栄の家は橋を渡ったあちら側だ。出立したのは檻馬場のお栄の家である。

「檻馬場までお供いたしますよ」

「いいえ、ここまででようございます。橋は、お渡りになられまするな」

「え……」

「橋は彼方と此方を結ぶもの。お名残おしゅうはござりまするが……」

美也はしとやかに辞儀をした。

「本日はご同行くださいましてありがとうござりました」

舞が降りた駕籠に乗り込む。ぴたりと簾戸を閉めた。

一行は再び出立した。人混みを器用に縫いながら、両国橋の上を遠ざかってゆく。

「おっと、なに、ぼさっと突っ立ってやがる」

後ろから駆けて来た男に突き飛ばされそうになって、舞はあわてて身を避けた。

と、今度は前方から見慣れた顔が近づいて来た。

「おや、お嬢さん、なにを眺めておいでで……」

錦森堂の主《あるじ》の森屋治兵衛《もりやじへえ》である。

「お武家さまの奥さまのご一行をお見送りしてるんですよ」

橋のかなたに視線を戻したものの、もう一行の姿はなかった。

「まあ、ずいぶん速いこと……。遠方からいらしたお客人なんです。森屋さん、橋を渡って来たんでしょ、すれちがったんじゃありませんか、駕籠を二丁連ねたご一行に」

「駕籠……ねえ。はて」

治兵衛は首をかしげている。

「塗り物の駕籠にお武家さまがお一人、付き従っていらしたんだけど」

「この人出ですから、見逃しちまったんでがんしょう。で、お嬢さんはそのお武家さまご一行と、どこぞへお出かけになられましたんで」

治兵衛の店も舞の家の近所である。通油町へつづく道を並んで歩きながら、舞は一行を案内して——いや、一行に案内されて——万昌院と慈眼寺へ墓参に出かけた話をした。

「え、どなたさまの墓所とお言いでがんすか」

「吉良家と小林家の墓所です。ほら、赤穂浪士に討たれた吉良上野介と小林平八郎。ご一行というのは、小林平八郎さまのご縁者で……」

「というと、もしや……」

「ええ。北斎先生のお従姉さまとご家臣ですよ。ほんとはね、お栄さんがご案内するはずだったんだけど、お栄さんときたら、あの調子でしょ、しかたなくあたしが代役をつとめたってわけ」

治兵衛は瞬《まばた》きをした。いきなり笑い出す。

二人は通油町へ差しかかっていた。顔見知りの誰彼が、けげんな顔を向けてくる。

「なにがおかしいんですよォ」

舞は頬をふくらませた。

「そりゃねえ……さいでがんしょ、北斎先生のあの話ははじめから出まかせでがんすよ。だれひとり、本気にしちゃおりやせん」

治兵衛は大ぶりの鼻を赤くしてヒイヒイ笑っている。

「出まかせなもんですか。だって、今の今まで一緒に墓参をしてたんですもの。元はといえば、おこと小母さんの使いがお栄さんを呼びに来たんだし、小母さんが娘を騙すはずがないでしょう」

「そうか、わかったッ」

治兵衛は小鼻をふくらませた。

「おことさんも、担《かつ》がれたんでがんすよ」

「担がれたって、だれに……」

「先日、絵師のお仲間衆が集まって、北斎先生の鼻を明かしてやろう、なんぞと相談をしておりました。そういえば、小林平八郎の縁者の偽者をこしらえる、てな話も出ておりましたよ」

「いいえ、偽者じゃありませんってば」

於登志も美也も、真剣な面持ちで、吉良家や小林家の墓に手を合わせていた。二人の武士までが涙を流したのである。あれは、断じて、嘘泣きなんかではなかった。

とはいえ、悪戯の相談をしていた仲間にお栄の別れた亭主、南沢等明《みなみさわとうめい》も加わっていたと聞けば、わずかながら確信がゆらいでくる。等明は北斎と大喧嘩をした。路上で恥をかかされたことをいまだに根に持っているらしい。

「まさか、とは思うけど……」

「そのまさかが起こるのが世の中でがんすよ。北斎先生が得々と墓参の話をはじめる、すると一斉に囃《はや》し立てる、ってな寸法でがんしょう」

地本会所が見えてきたところで、治兵衛はいとまを告げた。舞の家へは寄らず、店へ帰ってゆく。

書肆というのは、そもそもが身勝手な輩ばかり。うるさいほどつきまとって、あれを書けこれを書けと騒いでいたかと思えば、一九が中風を患い、思うように書けなくなるや波がひくように足が遠のいた。治兵衛の言うとおり、まさかが起こるのが世の中なら、書肆どもの心ない仕打ちくらいでおどろくにはあたらないが……。

「あーあ、疲れたァ」

舞は首をまわした。疲労困憊《ひろうこんぱい》しても、於登志が由緒ある武家の奥さまなら一日の努力が報われる。けれど、あの墓参が絵師仲間の企み、北斎とお栄をからかうための悪戯なら、これこそ「骨折り損のくたびれ儲け」だ。

雨が降らなかっただけでもましと思うしかない。

どこまでも嘘寒い空を、舞は恨めしげに見上げた。

四

「あら、お父っつぁんは……」

踊りの稽古から帰るや、舞はえつに訊ねた。

各地に被害をもたらした雨の季節もようやく終わり、一気に夏。えつは縁側に着物をひろげて、湿ってはいないか、虫がついてはいないかと眸を凝らしている。

「知りませんよ」

快晴だというのに、えつはすこぶるきげんがわるい。

「まさか、遊びに出かけたんじゃないでしょうね」

「そのまさか、さ。さっき森屋さんが迎えに来てね、あたしが止めるのも聞かずに、三人でこそこそ出て行っちまったんだよ。寄り合いがどうのと言い訳しちゃいたけど、なァに、大酒飲んで馬鹿騒ぎしてるに決まってるよ」

三人とは一九と治兵衛と尚武である。

一九は雨が上がったとたんに元気になった。もちろん、中風が完治したわけではない。が、少しでも快方に向かえば、もう書きまくり、遊びまくる。

「森屋さんだって尚武さんだって、お父っつぁんの病をわかってるはずなのに」

「だから連れ出したんだろうさ。家にいたってどうせ大酒は飲むんだし、ま、考えてみりゃ、当たりちらされるよか、ましかもしれないね」

「お父っつぁんたら、もう……」

眉をひそめたところで、舞は真顔になった。

「ねえ、おっ母さんはお父っつぁんの昔のこと、知らないって言ったわね」

「知るもんかえ。いきなり転がり込んで来て、そのまま居座っちまったんだから」

「まだ小さい兄さんと赤ん坊のあたしを押しつけてね」

「あんたたちのことはね、押しつけられたなんて思っちゃいませんよ」

えつは表情を和らげた。四人目の女房のえつが一九との間にもうけた男児は、三歳のとき死んでしまった。えつは生《な》さぬ仲の子供たちを実の子同然、慈しんで育てた。

「そんな昔のことじゃなくていいの。ねえ、おっ母さん、お父っつぁんと一緒になってから、なにかおかしなことはなかった」

「おかしなことって」

「たとえば……そう、知らない人が訪ねて来るとか」

「しょっちゅう来てるじゃないか、借金取りだの付け馬だの、得体の知れない酔っぱらいだの」

「そうじゃなくて……お武家さまとかそのお身内とか……」

「尚武さんかえ」

「あれは押しかけ弟子でしょ。もっと別の……」

舞は数日前の、於登志一行との墓参を思い出していた。

北斎は自ら小林平八郎の末裔だと言いふらしているが、一九も武士の子である。武士の身分を棄てたとはいえ、長い歳月の間には、於登志のような縁者が訪ねて来てもふしぎはない。

「そうだねえ……」

えつは目を閉じた。思い出をたぐりよせているらしい。

「そういや、あんたが五つ六つの頃だけど、お武家さまが訪ねて来たっけ」

それだ、と、舞は身を乗り出した。

「どんなお武家さまだったの」

「そりゃもう、立派な身なりのお武家さまだったよ」

いつも一九を誘って一緒に出かけてしまう。相手がだれか、どこへ行くのか、えつは聞きそびれてしまったという。もとより家族に行き先を告げる一九ではない。

「なァんだ、それだけ……」

「そう。だけど……そうそう、あれはいつだったか、帰って来てから、大泣きに泣いてたことがあったっけ」

「え、お父っつぁんが泣いたの」

「それも素面《しらふ》で」

「まあ、おどろいた」

一九が素面で泣くところなど、これまで見たことがない。

「ねえおっ母さん、そのお武家さまのこと、なにか思い出してよ。そうだ、紋はなに」

「ええと、なんだったかしらねえ。ここまで出かかってるんだけど……」

えつが思い出すまで、待っている暇はなかった。「おーい」と、おもてでお栄の呼び声がする。

「ねえ舞、ちょっとーッ」

「なにがちょっとよ。居候のくせに呼びつけにしてさ」

だいたい先日の於登志の一件でも、お栄は舞に礼のひとつも言わなかった。舞の報告を他人事のような顔で聞いていただけだ。

ぶつぶつ言いながらも、おもてへ出てゆく。

三回目の出稽古の際、野上家でまたもやお栄の絵を褒められ、大いに面目をほどこした。お栄の話をしたら市之助は笑い転げ、お陰で二人は親密になった。となれば、お栄もまんざら役立たずではないわけで……。しかも、於登志に気に入られ、武家につてができたのだから、まあ、多少のことは大目に見てやらなければならない。

「今度はなァに」

舞は猫なで声を出した。

お栄は一人ではなかった。見知らぬ老婆と立ち話をしている。というより、お栄がむんずと老婆の袖をつかみ、老婆のほうは隙あらば逃げようとしている。

「なんなのよ、お栄さん」

「だからあたしゃ知らないって」

「問答無用ッ」

三人は同時に話そうとした。顔を見合わせる。

「さあ、ほら、謝りな」

お栄が老婆を舞の前にどんと突き出した。

「謝るってなにを……」

舞はけげんな顔で老婆を見る。

「だからさ、あんたのおっ母さんにゃ、もう謝ったって言ったろ。なんでこの人に謝るのさ」

老婆は白髪を振り立てた。

「ねえ、お栄さん、どういうことなのよ。あたしもわからないわ。なんでこの人があたしに謝るの」

お栄は少しばかりひるんだ。

「なんでって……見覚えがあるだろ。こいつはあんたを騙して、連れまわしたんじゃないか」

「連れまわした……この人があたしを……」

「あたしゃ、連れまわしたりしないよ」

老婆の抗弁を無視して、お栄は舞に目を向ける。

「だからさ、墓参に行ったろ。お父っつぁんの従姉って女と」

「行ったけど、なんでこの人が……」

「あのねえ……」と、またもや老婆がしゃしゃり出た。「なにか勘違いしてるのさ。あたしゃ、だれも連れまわしたりしない。あんたにも会ったことがない。そうだろ。それなのにさ、あんたに謝れって、無理やり引っぱられてさ」

こんがらかった話がようやく見えてくる。

老婆は、南沢等明ら絵師仲間に頼まれて、北斎の従姉の役をつとめたのだった。武家の奥さまらしい絹物を着せられ、下僕を一人つけられて、言われるままに亀久町のおことの家へ乗り込んだ。おことはびっくりして、隣家の若者にお栄を呼んで来るよう頼んだ。

「亀久町……じゃ、従姉って……お婆さんは亀久町にいたの」

舞はうわずった声で訊ねた。

「そうだよ。ずっと待ってたのに、だあれも来やしない。そのうちに雷が聞こえてきたもんだから、墓参はまた今度ってことにしてやめちまった。おことさんにぼた餅をふるまわれて、世間話をして帰ったのさ」

舞は目を泳がせる。

「だけど、伝言じゃ、亀沢町にいるって……」

「あたしゃずうっと亀久町にいたよ。嘘だと思うなら、おことさんに聞いてみるんだね」

「なら、それなら、亀沢町の、楹馬場の家にいたのは……」

舞は息をあえがせた。

絵師仲間に仕立てられた偽の従姉がこの老婆なら、楹馬場でお栄を待っていたのはだれだったのか。於登志は、美也は、二人の武士は、あの二丁の駕籠を連ねた一行は……。

「ほォら、ごらんな。言ったとおりだろ」

老婆はお栄をにらみつけた。

「おことさんにゃ、すまないと思ってるよ。何度も謝ったさ。小遣いほしさについ、あいつらの片棒を担いじまった。けど、墓参なんかしちゃいない。あたしゃ、だれも困らせちゃいないんだから」

呆然としているお栄と舞を残して、老婆は憤然と去ってゆく。

「お栄、さん、ね、あれは……あれはなんだったの」

舞は放心していた。

於登志は、北斎の従姉ではなく小林平八郎の娘、北斎の曾祖母だったのではないか。あの四人の悲嘆や苦悶は、百年以上前に非業の死を遂げた身内を悼んでいるというより、今、現実の悼みのように見えた。四人がもしや、過去からやって来たとしたら……。

　一行は最後に橋を渡った。あの橋は、もしやこの世とあの世をつなぐ橋だったのかも。一緒に行くと答えていたら、今頃は自分もあの世にいたかもしれない。

　ふるえがきた。

　目の前が暗くなった。

　於登志の手の冷たさがまざまざとよみがえる。

「舞ッ、舞ッ、しっかりしてッ」

　お栄の不細工な顔が大写しになったのを最後に、舞は気を失った。

飛んで火に入る

一

ぽんぽんと柏手を打って、舞《まい》は顔を上げた。

目の前の祠《ほこら》の中の、陰気くさい暗がりに鎮座する御狐様をじいっと見る。

「ちょいとねえ、頼むから、しっかりしておくれよね」

参拝するたびに思うことだが、朝日稲荷の御狐様は覇気がない。というか、みすぼらしい。というか、しょぼくれている。お供えの御神酒《おみき》を見つめる流し目も、なんとはなし、いじましい。

いっそのこと、小伝馬町の千代田稲荷か両国橋のたもとの両国稲荷まで足をのばす手もあるのだが、家の隣の稲荷をないがしろにしては、それでなくてもいじけた御狐様がごきげんをそこねるかもしれない。

心配になってもうひとつ、銅銭を賽銭箱へ投げ入れた。

御狐様に力添えを頼んでいるのは、もちろん、旗本の嫡男、野上市之助《のがみいちのすけ》との恋の成就である。舞は目下、踊りの弟子である市之助にのぼせあがっていた。色白の美貌も、育ちのよさを表す立ち居振る舞いも、病がちだという線の細さまでが、舞にはこの上なく貴いものに思えた。出稽古の際など、そばに立っただけで得《え》も言われぬ香りにくらりとする。

では、市之助はどう思っているのか。

そりゃあ、あちらさまだって——。

藤間流の家元、勘弥姐《かんやねえ》さんの一番弟子とはいえ、まだ名取りでもない舞を見初めて、ぜひ稽古をつけてくれと頼んできた。はじめから気があることは疑うべくもない。

玉の輿に乗ること、旗本家へ上がって嫡子を産むことが、舞の目下の悲願だった。身分の差はいかんともしがたいが、といって抜け道がないわけではない。舞の父の十返舎一九《じっぺんしゃいっく》だって昔は武士である。

やる気のなさそうな御狐様に念押しをして、舞は祠に背を向けた。

「あ、お父っつぁん」

いくらも行かないうちに、我が家——といっても地本《じほん》会所の敷地内にある借家

——のほうから、大柄痩身の一九がひょろひょろと歩いて来るのが見えた。危なっかしい足取りは、昨年から患っている中風のせいだ。痺れる手をだましだまし原稿を書いているものの、さすがに若い頃のような勢いはない。それなのに酒だけは浴びるように飲む。

一九は、この世のことごとくに怨み骨髄、蛙でも雀でも蜻蛉《とんぼ》でもひねりつぶさんばかりのご面相をしていた。酒を飲んでいるときはこれほど愉快な男はいないが、素面だとこれほどつき合いにくい男はいない……というのが、大方の一九評である。

「お父っつぁん、具合はどう？」

すれちがいざまに訊ねた。案の定、一九はじろりと娘を見ただけでうんともすんとも答えない。

父の不きげんなど慣れっこだった。恋する娘は浮かれている。

「ねえ、お父っつぁん、今年は明神様でしょう。もちろん、通油町の山車《だし》には踊屋台を添えるんだけど、となればむろん、あたしがいなくちゃはじまらないし、そうなれば着物も誂《あつら》えなくちゃならないし……」

核心に入ろうとしたところで、舞はぎょっと目をむいた。

「お父っつぁんッ、なにしてるのよッ」

娘の話など馬耳東風、一九は祠に身を乗り出して、お供えの御神酒に手を伸ばそうとしていた。

「だめよだめッ。だめだめだめッ」

舞も駆け寄って、御神酒に手を伸ばした。

御神酒は小ぶりの酒瓶に入っている。

「お父っつぁん、やめてッ」

「うるさい、放せッ」

四本の手が酒瓶を奪い合う。と、どうしたはずみか、酒瓶が音を立てて地面へ落ちた。瓶は割れたが……中身は空っぽ。

舞は凍りついた。尊顔を拝するのが怖くて、御狐様には目も向けられない。

一九のほうはふんと鼻を鳴らして、早くも逃げだそうとしていた。

「お父っつぁんッ、どうしてくれるのよ。もしこれで、このせいで、御狐様が腹を立てて、なにもかもぶちこわしにしちゃったら……ああ、どうしよう。いいこと、お父っつぁんのせいだからね。せっかくお賽銭、奮発したのに……」

父の後ろ姿へ投げつけた声は、最後には涙にかきくれる。

洟をすすりながら割れた酒瓶をかたづけ、御狐様に平身低頭して家へ帰った舞は、勝手口から駆け込んで、継母のえつに事の次第を訴えた。

「まったくもう、お父っつぁんなんか、縄で柱に縛っときゃいいんだッ」

少しは同情してくれるかと思ったが、えつはけらけら笑った。亭主にさんざん振りまわされ、借金取りに押しかけられて、二六時中こめかみに飯粒を貼りつけていた四番目の女房は、亭主に中風の症状が出はじめてから、なにかというと馬鹿笑いをするようになった。それはそれで、なにやら薄気味のわるいものがある。

「おっ母さんまで、なによ」

「だってさ、よかったじゃないか、御狐様が飲み終えたあとで」

「飲み終えたってまさか……」

「どのみち空っぽだったんだから、祟《たた》りなんざ、ありゃしないよ」

では、そうなのか。御狐様のうらめしげな流し目は空の酒瓶のせいだったのか。

「ねえ、おっ母さん、明神様で着るもののことだけど……」

あまりにあっけらかんとしたえつの言葉に、舞も思わずうなずいている。

「あのねえ、悪いけど、お櫃《ひつ》だって空っけつなんだから。そうだ、森屋さんに掛け合ってごらんな」

「無理だわよ。近頃は前借りだってしぶるってお父っつぁんが……」

「だけど明神様だもの。天下様のお祭とあっちゃ、話は別さ」

神田明神祭は山王祭と一年交替で行われる江戸の二大祭である。江戸城内で将軍が上覧することから天下祭とも呼ばれていた。神田明神は再三の移転で今は湯島の台地にあるが、神田界隈の町々からも山車や踊屋台がくり出して、九月十五日は押すな押すなの大にぎわいになる。当日は舞も通油町の踊屋台で踊ることになっていた。

「そうか……。そうねえ、そんなら頼んでみようかしら」

「どうせなら余分にふっかけておやりよ。余った分は家計《たつき》の足しにするからさ」

今さらおどろくことでもなかったが、長年、借金取りとの攻防戦をくり返していると、世間知らずの女房も知恵がつくものらしい。肘枕で横になり、大あくびをしているえつを見て、舞はあらためて女房というもののしたたかさに感嘆した。

台所をあとにする。

茶の間では、お栄《えい》が鬼気迫る形相で絵筆を握っていた。舞を見るや、すかさず声をかけてくる。

「おーい、ちょっと」

またか、と舞は眉をひそめた。居候のくせに、もう少しなんとか声のかけようがないものか。

「なあに」

しかたなくそばへ行く。

「こっちとこっち、どっちがいい？」

見せられたのはどちらも蛙の絵。大きかろうが小さかろうが、肥っていようが痩せていようが、雨蛙だろうが殿様蛙だろうが、たとえおたまじゃくしだったとしても……できるなら勝手にしろと言いたかった。だが、これこそ生きるか死ぬかの一大事だとでもいうように、蛙そっくりの金壺眼で一心に見つめているお栄を見ればそうも言えない。

「ええと、こっち、かしら」

「そぅお。これって、なんか哀しそうな顔だよ。不幸を一身に背負い込んだっていうか、悲壮な決意に身をふるわせてるっていうか……」

蛙の悲壮な決意とはなんなのか、蛙本人に聞いてみたいところだったが……。

「じゃ、やっぱりこっち」

舞はあっさり答をくつがえした。

お栄は鼻にしわを寄せる。

「だけどねえ、こっちだと、なんだか浮かれてるみたいだよ。なんかさあ、人を小馬鹿にしてるみたいで……フフフ、ちょっと森屋に似てるか」

はじめから舞の意見など聞くつもりはないのだ。ただ見せびらかして、褒めてもらいたいだけ。毎度のことである。

「好きにすれば。蛙なんて、どっちも同じよ」

舞はつんとそっぽを向いた。

「ほーら、舞はいつもそうなんだから。大雑把でさ、お調子者でさ、考えもなしに決めちまう。だからろくでもない男に引っかかるんだ」

よくもまあ、そんなことが言えたものだ。舞は眉をつり上げた。ろくでもない男に引っかかったのはお栄ではないか。お栄は南沢等明《みなみさわとうめい》と離縁したばかりである。もっとも、お栄がろくでもない男に引っかかったのか、はたまた等明がろくでもない女に引っかかったのかは、巷の意見の分かれるところである。

「余計なお世話ッ。あたしはね、蛙の絵なんかにつき合ってる暇、ないんだから」

舞は二階の自室へ退散しようとした。

「ねえ」

「うるさいわね」

「あのさ」

「もうッ、なんなのよッ」

「さっきね、野上家から使いが来たよ」

「なんですって」

「用事があるから来てほしいって。駕籠で来い、お代はあっちが持ってってさ」

馬鹿げた蛙問答をする前に、なぜそれを言わないのか。

怒鳴りつけてやりたかった。が、もう動悸が速まっている。これ以上お栄にかかわるのは時間の無駄、舞は急いで着替えをすることにした。

二

舞を呼びつけたのは、野上市之助ではなく、用人の永島甲右衛門《ながしまこうえもん》だった。

「そなたにの、ひき合わせたきご仁がおるのだ」

永島は床の間を背にして座っている男に目を向けた。品のよい白髪の老人だが、目つきは鋭い。

「ほう、そなたが与七《よしち》の娘御か。そうじゃ、昔、ちらりと見かけたことがある。あの頃は六つ七つであったか」

与七は十返舎一九と名乗る前の、父の通称である。

舞は首をかしげた。もちろん、目の前の老人の顔に記憶はない。が、そういえば、昔、父のもとへ武士が訪ねて来たと、えつが言っていた。それではこの老人がそのときの武士か。

名前を訊ねたところが、体《てい》よくはぐらかされた。

「今日のところは近所の碁仲間ということで……。のう、ご隠居」

「うむ。それにしても奇遇じゃのう、与七の娘御がおぬしのもとへ出入りしておったとは」

ところで……と、老人は舞に視線を戻した。

「与七は息災か」

「はい。なんとか」

中風を患っていることは伏せておく。

「相変わらず、くだらぬ話を書きまくっておるのか」

「はい。性懲りもなく」

「で、食えておるのか」

「飢えてはおりません」

老人は呵々《かか》と笑った。と思うや、表情をひきしめる。

「もしやそなた、今井尚武《いまいしょうぶ》という男を知らぬか」

舞は目をみはった。

「今井さまでしたら、我が家に居候しておられます。父の弟子になられたそうで」

「ほう。やはり与七のところにおったか。ということは、大言壮語を吐いたくせに、いまだ事を成してはおらぬ、ということだの」

「事、とは、なんにございましょう」

「いや、よい、こちらのことじゃ。帰ったら尚武にの、麹町の隠居が首を長《なご》うして待っておると伝えてくれ」

「麹町のご隠居……」

「そう言えばわかる」

舞にはまるでわからぬ話である。

老人は舞の暮らしぶりについてあれこれと訊ね、永島と目くばせをし合って、ひと足先に席を立った。

二人になると、永島は頬をゆるめる。

「実を申すとの、そなたのことを調べておったのだ」

「あたしのことを……」

「若殿はそなたをいたく気に入っておられる」

「まあ……」

「病がちであられたせいもあり、これまで女子に関心を示されなんだ。それゆえ我らも案じておったのだ。わるいようにはせぬ。先ほどのご仁も力になってくださるそうだ。今後のことは、我らにまかせてはもらえぬか」

用人に頭を下げられて、舞は目を丸くした。これはもしや、内々の打診ではないか、舞を野上家へ輿入れさせるという……。喜びのあまり思わず快哉を叫びそうになる。おお、なんという幸運。ここが朝日稲荷なら、御狐様に抱きついていたところだ。

「あたし、いえ、わたくしでよろしければ、むろん、仰せのままに」

興奮を鎮め、神妙に両手をつくと、永島は目尻を下げた。

「おう、かたじけない。ところで、早速ながら、ひとつ頼みがあるのだが……」

「なんなりと」

「他でもない、天下祭のことだ」

市之助は病弱であったため、これまで祭に出かけたことがない。旗本の子息だから当然だが、人前で踊ったこともなかった。せっかくの天下祭、踊屋台で踊ってみたいというのが、市之助本人のたっての希望だという。

「若殿さまが、踊屋台に……」

「ほんのいっときでよい。お忍びゆえ、そなたの知り合いとかなんとか言いつくろうて、踊らせてやってはもらえぬか。手前もよき機会と思うがの。これを機にお元気になられるやもしれぬ」

家督を継げば、病弱だからと言って屋敷にこもってばかりもいられない。世情を知る意味でもよい経験になる。

「ご一緒に踊っていただけばよろしいのですね。お安い御用にございます。でしたらおそろいのお衣装もご用意しておきましょうか」

「おう、そうしてもらえるか。すぐに金子《きんす》を用意しよう。そなたにはむろん、通油町にも寄付をさせてもらおう」

願ってもなかった。これで舞の衣装代もまかなえる。

「若殿さまにはお好きなだけ踊っていただきます。お帰りになられる際は、あたしが明神様へご案内して、参拝がてら屋台など冷やかし、こちらまでお送りいたします」

「おう、そうしてくれるか。それは重畳《ちょうじょう》」

踊りの指南をはじめたといっても、旗本家への出稽古ではとりまきの家来が同席していた。二人きりで話をする機会はない。

こうなったら、他のことなどかまってはいられない。だれになんと言われようと大切なのは玉の輿、踊りの師匠になるわけではなし、人気取りは二の次三の次。適当なところで逃げ出して、市之助と二人、心ゆくまで祭を楽しめばよい。

その日は市之助に逢えなかった。が、舞は天にも昇るような心地で帰路についた。途中、通油町の酒屋で酒樽を買い求め、そのまま駕籠で朝日稲荷へ乗りつけたのは、真っ先に御狐様にお礼参りをしたかったからである。酒樽など家へ持ち込もうものなら、即刻、蟒蛇《うわばみ》どもに飲みつくされてしまう心配もある。

酒樽を抱えて駕籠を下りた。いったん地面へ置き、駕籠を見送って再び持ち上げようとしたときだ。

「拙者が持ってやろう」

今井尚武の声がした。日課の鍛錬をしていたのか、額にも首すじにも玉の汗が光っている。

舞は内心、しまった、と舌打ちをした。今朝方、一九は御神酒を盗み飲みしようとしていた。尚武も似たり寄ったりの蟒蛇である。

「なんだ？　お、酒樽か。どこへ持ってゆくのだ」

「決まってるでしょう。御狐様にお供えするんですよ」

「これを、樽ごと……」

尚武は舌なめずりをした。

「御狐様には飲みきれまい。少し拙者が手伝うて……」

そらきた、と舞は身構える。

「ご心配には及びません。このお酒は見せかけ、中身はただの水なんですよ。ここの御狐様が下戸《げこ》だってこと、ご存じなかったんですか」

「それはまことか」

「まことですとも。だからみんな、空っぽの酒瓶や水の入った酒樽を供えてるんじゃありませんか」

「そうか。先生がぶつくさ言っておられたはそのことか。しかし、なんで先生は御狐様が下戸であられることを知らなんだのか」

尚武は首をひねっている。

「忘れたんでしょ。お父っつぁんのことなんかいいから、さ、そこへ」

酒樽を供えた。しげしげと眺めた御狐様の顔は、いつにもましてしおたれている。

「しかし、なにゆえ御狐様に……。なんぞ、吉事でもあったか」

並んで柏手を打ったところで、尚武は探るような目を向けてきた。

「ま、いろいろとね……」

喜びを隠しきれず、舞はフフフと笑う。

「拙者と夫婦になるのがうれしい……というわけでもなさそうだ」

「馬鹿馬鹿しい。戯言《ざれごと》ばっかり」

「戯言とはなんだ。我らが夫婦になれば楽しゅう暮らせる。先生も喜ばれる。これ以上の縁はないと思うがの」

「どうぞ、ご勝手に。思うだけなら文句は言えません」

いつもならカッとなるのに、この日は腹も立たなかった。遠からず、尚武は失恋するのだ。近々、野上家から一九に正式な縁談がもたらされるはずである。

二人は境内をよぎって、裏手の板塀の壊れたところから地本会所の敷地へ入った。

「そうだわ。野上家のご用人さまにご近所のご隠居さまをひき合わされたのだけど、そのご隠居さまから尚武さまにご伝言がありましたよ」

「拙者に伝言……」

「麹町の隠居が首を長くして待ってると伝えてくれって」

老人は一九の昔なじみで、向こうから今井尚武という名を出してきたと話すと、尚武はつぶてに撃たれたように足を止めた。虚空を見つめる。その横顔は、さっきまでのおどけた顔とは別人のようにひきしまっていた。

「そういえば、事を成すとかなんとか……。事ってなんですか」

尚武は放心している。

「ねえ、今井さまってば」

「あ、いや。少々調べることがあっての、江戸へ参った当初、昔の知り合いを訪ねたのだ。わけを話したところが、そういうことならぜひこちらも仕事を頼みたいと言われ、軍資金までもろうてしもうた」

そうか、それで尚武は身分不相応な銭を持っていたのか。やっと腑に落ちた。それにしても、れっきとした武家の隠居が、浪人者に銭を与えてまで頼む仕事とはなんだろう。

「事を成すって、もしや、敵《かたき》討ちではないでしょうね」

「今度は拙者がさっきの言葉を返そう。なんと思おうが、思うだけなら異は唱えぬ」

鮮やかなしっぺ返しである。舞は頬をふくらませた。

「だったら勝手にそう思うことにします。ご隠居さまのお名はなんとおっしゃるんですか」

「それも、今はやめておこう。妻となる女子を厄介事に巻き込みたくはないゆえの」

「何度言ったらわかるんですよ。あたしは今井さまの妻になんか……」

「ま、よいではないか。拙者の仕事は死と隣り合わせだ。舞どのは許婚を失うことになるやもしれぬ。いや、おそらくそうなろう。聞き流しておけばよい」

尚武は目くばせをした。先に参るぞ、と、家へ向かって歩きはじめる。

舞は呆然と後ろ姿を見送った。頑丈な背中が一閃を浴び、血飛沫を噴き上げてくずおれる幻が見えたような……。

尚武は厚かましい居候だ。うっとうしい求婚者でもある。できるなら、どこかへ消えてもらいたい。だけど——。

舞はもう一度、板塀の割れ目をくぐり、来た道を引き返した。

祠で両手を合わせる。

「どうぞ、無粋な男とお思いでしょうが、今井さまのお命だけはお助けください」

御狐様は相変わらず気がなさそうな顔、ウンともコンとも答えなかった。

三

江戸っ子とくれば祭、とりわけ天下祭ともなれば、二月三月も前から町内挙げての準備がはじまる。須田町に負けるな、富沢町に負けるなと、通油町の蔦屋《つたや》重三郎《じゅうざぶろう》や馬喰町の森屋《もりや》治兵衛《じへえ》が先頭に立って、祭仕度に駆けまわっていた。

「お旗本の若殿さまが……それはもう大歓迎でがんすよ」

山車をつくるには大金が要る。たんまり寄付をもらえると聞いて、治兵衛は二つ返事でうなずいた。

「お忍びですからね。素性はだれにも話さないでよ。いいわね」

「へいへい、合点承知之介」

舞は男物と女物の衣装をあつらえ、男物を野上家へ持参した。出稽古の際、市之助に踊屋台で披露する踊りを指南する。準備は万端である。

明神祭が近づくにつれ、町中が浮かれ気分一色になった。だれもが寄ると触ると祭の話ばかり。

「ふん、実にくだらぬ。話にならん」

あまのじゃくの一九だけは不きげんきわまりなかった。それでもじっとしてはいられぬのか、日に何度も会所を覗く。

会所では祭仕度たけなわだった。通油町の山車にはお栄が絵を描いている。

「なんだと？　当てつけのつもりか」

富沢町の山車に、お栄の元亭主、南沢等明が絵を描くと聞くや、一九の闘争心に火が点《つ》いた。

「こしゃくなッ。尚武、おぬし、行って燃やしてこい」

「そ、そいつは、いくら先生の仰せでも……」

ご勘弁を、と尚武は逃げ腰になった。詫びのつもりか酒を買ってきて、二人で酔っぱらっては悪罵のかぎりをつくしている。

「まったく、中風だってのにねえ」

えつは左右のこめかみにこんもりと飯粒を貼りつけた。

「お父っつぁんはね、ああやって気分を盛り上げてるのよ。なんだかんだ言ってもお祭が大好きなんだから」

「好きなのは、お祭じゃなくて喧嘩じゃないのかえ」

「そうねえ。喧嘩だけはしないでもらいたいもんだわ」

江戸っ子は喧嘩好き。祭に喧嘩は付き物だ。怒鳴り合いやら小競り合い、ときには野次馬まで巻き込んでの殴り合いとなる。それも演目のひとつのようなもので、喧嘩と聞くや「そら、はじまったッ」とばかり、大喜びで四方から人が集まって来る。

もっとも明神祭に関して言えば、多少、様子が異なっていた。江戸城で将軍が上覧する天下祭であり、疫病の鎮静を祈願する神事能が起源だということもあって、当日の山車行列は厳正粛々、これまで大きな喧嘩はあったためしがない。

「言っておきますけどね、お父っつぁんにけしかけられても、絶対に喧嘩はしないでね」

舞は尚武に釘を刺した。尚武がもし舞の思惑どおり敵《かたき》持ちの身であり、その敵が相当な手練《てだ》れなら、祭ごときで怪我などしてはいられぬはずである。

尚武はもう先日の話など忘れたような顔だった。

「心配無用。舞どのが屋台で踊る姿を見れば、先生の目尻も下がってござろう」

「だといいけれど……」

「なあに、等明の絵では、お栄さんの絵に勝てるはずがない。喧嘩にもならんさ」

明神祭の目玉は、各町々から出される三十六の山車である。山車の起源は戦場の馬印で、柱に人形をくくりつけたものが次第に巨大化して、枠組みや車のある今の形になったとやら。一番の山車は鶏で大伝馬町から、二番は猿で南伝馬町から……というように毎年定まったものもあれば、その年によって工夫を凝らし、人の目をおどろかせるものもある。張りぼての動物あり、踊屋台を連ねた大行列あり、朝鮮通信使の仮装行列あり……長槍を手にした武士に警護されて次々に目の前を通りすぎる山車に、沿道を鈴なりに埋めた観衆は大歓声を送る。

お栄はこのところのめり込んでいる蛙を描いた。度肝を抜くほど巨大な蛙は張りぼてになり、さらには踊屋台に立てた柳の下方にも、水辺の蛙の百態がぐるりと描かれている。

見事な絵だった。

「もう蛙は飽きた。二度と描かない」

うんざりした顔で言ったくらいだから、渾身の蛙にはちがいない。

富沢町の山車の等明の絵は、果たしてなにが描かれているのか。

あれやこれやとざわついた中、明神祭の当日が近づいてきた。

テテツクテン、ステテンテン、テンツクテンツクテンツクテン……。

まずはにぎやかなお囃子《はやし》の屋台、つづいて、浅黄に白で蛙を染め抜いたそろいの着物姿の老若男女が踊りながら進む。その後方、そろいのはっぴ姿の若者たちに引かれた踊屋台では、舞を中心に五、六人の踊子が三味線に合わせて踊っている。さらに後方につづくは牛に引かれた山車、張りぼての蛙に沿道からはやんやの大歓声である。

踊りながら、舞はちらりと後ろを見た。

今朝方、町人に身をやつし、郎党に守られてやって来た市之助は、舞の弟子という紹介であっさり迎えられた。

「どこの大店の若旦那か……」

「いや、役者かもしれませんよ」

「お二人並べば絵になりますね」

品のよい美貌に、だれもがうっとりと見惚れている。

たしかに、市之助は美しかった。が、旗本屋敷で家来に取り巻かれているときとちがって、青空の下ではいかにも頼りなく見えた。色白の頬を上気させ、淡い笑みを浮かべている姿は、生身の男というより、絵双紙から抜け出してきた光源氏か今業平《なりひら》か。

無理をさせて、倒れられでもしたら一大事。

ひと踊りしたところで、舞は目くばせをした。

「もうよろしゅうございましょう。そろそろ抜け出しましょうか」

市之助は首を横に振った。

「かように愉快な思いははじめてじゃ。まだまだ踊るぞ」

若殿さまにそう言われれば、だめですとも言えない。そうしているうちには屋台が動き、再び止まって三味線がはじまる。

「そろそろ……」

「まだまだ」

「そろそろ……」

「まだまだ」

何度、声をかけたか。気がつくと、市之助は屋台の前方に出て、観衆に愛想を振りまいていた。

「まあ、色男ッ。役者かしら」

「通油町にあんないい男がいたっけねえ」

女たちが騒いでいるのがわかるので、舞は気が気でない。

ところがしばらくすると、観衆の視線が後方へ流れた。ワーッ、ヒャーッと歓声がわき上がったのは、辻を曲がって合流した新たな山車に見とれているらしい。

「富沢町だッ」

だれかが叫んだ。と、そこへ、森屋《もりや》治兵衛が鼻をひくひくさせながら駆けて来た。

「やられたッ。あのどでかい化け物にはとてもかないません」

「化け物ですって」

「蛸だ蛸、蛙の倍はある」

「そんなら、等明さんは蛸を……」

前の行列からも、巨大な蛸を見ようと人々が駆けて来る。踊りが中断してしまったので、舞も屋台を下りて、後方の山車の見える場所を探した。人だかりのかなたに、ひと山はありそうな蛸の丸い頭が突き出している。

でも、なぜ蛸を――。

首をかしげたとき、むんずと腕をつかまれた。

「あのべらぼうめッ、親父の真似しやがって」

「お栄さん……」

「親父に喧嘩、ふっかける気なんだ」

地団駄を踏んだ顔は阿修羅《あしゅら》のようだ。

そういえば、お栄が蛙ばかり描いていたように、父親の北斎はひと頃、蛸の絵に熱中していた。いずれ劣らぬ酔狂な父娘である。北斎と等明はお栄の離縁をめぐって諍《いさか》いをくり返していたから、等明が蛸を描いたのはお栄の言うとおり、嫌がらせにちがいない。

「くやしいよぉ、舞、あいつを八つ裂きにしてやりたいッ」

「お栄さんの気持ちはわかるけど、なにも蛸を描いちゃいけないって決まりはないんだし……」

なだめようとしているところへ、にぎやかなお囃子が聞こえてきた。

「さァさァ、こっちも負けずにハイハイハイハイ……」

自棄《やけ》になったように扇を振りまわしているのは治兵衛だ。掛け声を聞いて戻って来た人々が四方から人を引っぱり込んで、奇怪な踊りを踊っている。いや、踊っているというより、大きく手を泳がせ、勝手気ままに飛び跳ねている。

熱狂の渦に目をやるや、舞はあッと叫んで絶句した。

渦の中に一九がいた。尚武もいる。二人に挟まれて、市之助も飛び跳ねていた。まるで大柄な二人にひ弱な子供が威嚇されているようだ。

飛んで火に入る夏の虫——。

はじめから、市之助が祭に飛び入りをすること自体に無理があったのではないか。

「ああ、なんてこと……」

救い出そうにも、こちらにはお栄。

「ちょっと、放してよ」

「だけどあーん、あたしの蛙、あいつの蛸、親父の蛸、あいつの蛸……」

湊をぐずぐずさせているので意味不明である。が、もちろん、憤っていることだけはわかる。

「わかったから、ねえ、お願い、放してってば」

やっとのことで振りきって、踊りの渦に飛び込む。

「やあ、舞どのッ。どこにおったのだ」

「踊れ踊れ、蛸なんぞぶっつぶせ」

尚武と一九は顔を真っ赤にしてはしゃいでいた。それもそのはず酒臭い。

「さア、参りましょう」

酔っぱらいの相手をしてはいられない。舞は市之助の手を取った。が、酔っぱらいもさるもの。

「どこへ行く？　ならんならん」

「そうじゃ踊れ。ヤレ踊れ、ソレ踊れ。踊れ踊れ踊れッ」

両方から引っぱられて、市之助のか細い体は今にもちぎれんばかり。と、そこへお栄も追いかけて来たからたまらない。

「あの蛸、あいつの蛸……」

「そうだ、蛸だ、ぶっ壊せ」

「いいから踊れ、踊れ踊れ踊れッ」

「ああ、もう、お父っつぁんッ、お栄さんッ。みんな、いいかげんにしてーッ」


よくもあの、凄まじい喧噪から逃れたものだ。

舞は市之助の手を引き、人混みの中を歩いていた。さすがに疲れが出たのだろう、それともあまりの騒ぎにまだ気が顚倒しているのか、市之助は声を失っている。

しかも二人の後ろには、忠実な僕《しもべ》のごとく、三人の奇人が従っていた。

「いかがにござるか、拙者がおぶってしんぜようか」

「なんなら気付け薬にどこぞで酒を……」

お栄が若殿と呼んだので素性がばれてしまった。屋敷へ送り届けるなら護衛をしてやろうと尚武に言われ、舞はうなずいた。市之助は疲労困憊している。もしや、帰り道で昏倒でもされたら、舞一人では往生してしまう。で、やむなく護衛を頼んだのだが――。

一九は酔っぱらって浮かれ調子、お栄は悔しまぎれの悪口三昧、旗本の若殿を送り届けるには、どうにも珍妙な一行である。

尚武に背負われこそしなかったが、市之助は頼りなげな足取りだった。肩をあえがせている。舞はため息をついた。ほんとうなら今頃、二人で明神様へお詣りをして、屋台を冷やかしながら帰路についているはずだった。月明かりを浴びた横顔に見惚れ、言葉少なに互いの身の上話などして、もしかしたら、そっと指などからめていたかもしれない。

辻まで出ると、ようやく混雑も落ち着いてきた。

「駕籠を拾おうにもこれではのう」

尚武があたりを見まわした。と、そこで棒立ちになる。

「どうかしましたか」

「しッ。すまぬが、拙者はこれにてごめんつかまつる」

言うやいなや、尚武は駆け出した。あっというまに人混みにまぎれてしまったのは、敵討ちの相手でも見つけたか。

舞はどきりとした。とっさに市之助の手を離していた。追いかけて行って、敵討ちなんかやめてと叫びたい。尚武なんか大嫌いだが、それでも死んでほしくはなかった。

「舞、なに、ぼさっとしてんのさ」

お栄に声をかけられて我に返る。

「ねえ、小父さん、寝ちゃったよ」

おどろいて振り向くと、一九は地面に丸くなって鼾をかいていた。

「ああ、もう、お父っつぁんたら……」

護衛どころか、これではとんだ足手まといである。

「余はひとりで帰る。お父上をお送りいたせ」

市之助がはじめて口を開いた。動悸が鎮まり、人心地がついたようだ。

「そうは参りませんよ。お送りいたしますってご用人さまにお約束したんですもの。お栄さん、若殿さまをお送りしてくるから、あたしが戻るまで、ここでお父っつぁんを見ていてちょうだい」

「いや、その必要はなさそうだ」

市之助はかなたへ目を向けた。舞とお栄も市之助の視線を追いかける。

わらわらと駆けて来るのは野上家の家臣か。駕籠が後ろにつづいている。

「わ、若殿。ご無事で、よう、ござりました」

永島が大きく息をあえがせた。

「大げさなやつじゃ」

「目を離すなと申しつけてござったに、お姿を見失うたそうにて」

では、馬鹿踊りをしているときに見失ったか。いずれにせよ、見張りがいたのだ。

旗本の嫡男が町娘と二人きりで祭を楽しむなど、夢のまた夢だった。

「舞どの。本日は手数をかけたの」

永島は舞にもひとこと礼を述べ、さればお駕籠へ、と市之助をうながした。

「待て。駕籠へは、そこに寝ておられるご仁をお乗せせよ。余の師匠のお父上じゃ」

野上家の家臣はいっせいに一九を見た。いぎたなく眠りこけている父の姿に、舞は真っ赤になって身をちぢめる。

「これがあの、十返舎一九先生……」

永島が素っ頓狂な声で訊き返した。尻切れ蜻蛉になったのは、あきれて声がつづかなくなったからか。

「いえ、どうぞ、あたしたちのことはおかまいなく」

「遠慮いたすな。踊り過ぎていささか疲れたが、おもしろき夜であった。これしきのことでへたばってはおれぬ。それを教えてくれたのもここのご仁じゃ。礼を申す」

「若殿さま……」

「永島、行くぞ」

家来に囲まれているからか、市之助は、先刻よりはるかにしっかりした足取りで歩きはじめた。華奢な後ろ姿も、踊屋台の上で見たときより、ずっと頼もしく見える。

一九は、野上家の駕籠で帰宅した。えつはおどろいておろおろしたあげく、ふたつも茶碗を割ってしまった。

お栄は、帰るなり絵を描きはじめた。蛙ではなく、踊り狂っている人の絵だ。

舞は二階へ上がり、ぼんやり秋の空を眺めた。祭に戻る気力は失せている。はじめは恋する乙女らしく、頼りなくも見え好もしくも見えた美貌の若者について思いをめぐらすつもりだったが、それより尚武の行方が気になっていた。早く帰って来ないかと耳を澄ませているうちに、太陽は西へ傾いてゆく。

そんなわけで、そのあと、舞の家族はだれも祭に行かなかった。北斎と等明が蛸の絵をめぐって大喧嘩をはじめ、祭の警備にあたっていた武士につまみ出されたと知ったのは、祭が終わった翌日である。

四

両国橋は黄昏色に染まっていた。

秋は暮れるのが早い。

「ほんとに、どうしちゃったんだろ」

舞は橋を行き交う人の群れに目を凝らした。ここにいればきっと帰って来る、そんな気がしたのだが……。

「どっかでくたばっちゃったのかも」

お栄はあっさり応じた。視線が右へ左へ動いているのは、尚武を待ちわびているからではなく、行き交う人、そのものを観察しているからだ。明神祭以来、お栄の関心は蛙から人に移っている。

舞はきッとにらんだ。

「やめてよッ。くたばるなんて、縁起でもない」

「だって、あのまま帰って来ないなんてさ、どう考えたっておかしいよ。生きてるなら、居所を知らせてきたっていいじゃないか」

「そりゃそうだけど……」

「なにもないってことはくたば……」

「やめてってばッ。知らせがないのは無事な証拠って言うでしょ」

ふーん、と、お栄は舞の顔を覗き込む。

「舞はさ、やっぱし、あいつが好きなんだね」

「馬鹿言わないでッ。あんな、あんな大食らいの居候」

「だったらそんなに心配しなくたって……」

「あのねえ、嫌いだって心配はするの。当たり前でしょ。一緒に住んでた人が突然いなくなっちゃったら、だれだって心配するわよ」

「そうかなあ……」

お栄はぷいとそっぽを向いた。

「おれがいなくなったって、あいつは心配しなかった」

「お栄さん……」

お栄が言ったのは等明のことだ。お栄はしょっちゅう家出をした。が、等明は女房の行方を捜そうとしなかった。

お栄はまだ等明に未練があるのだろうか。いつもいつも目の敵にするのは、それだけ気にかけているということか。

目の敵にする——。

あたしは尚武を憎んではいないと、舞は思った。憎んではいないが、ときおり嫌いになる。嫌いでないときだって、別に好きではない。ましてや、夫婦になるなどまっぴらごめんである。

「夫婦になるって、なんだか厄介だわねえ」

思わず自分の口からもれた言葉に、舞はおどろいた。なぜなら、今の今まで、一刻も早く玉の輿に乗りたい、嫁き遅れにだけはなりたくないと思っていたからだ。

お栄がじっと見つめている。

「だって、そうでしょ、小父さんだって、お父っつぁんだって……」

お栄の母は北斎の二度目の女房である。が、北斎はほとんど家にいない。一九にいたっては四人も女房を取り替えている。今でこそ遠出はできないが、少し前まで、旅と酒と女に明け暮れていた。旗本の妻女はどうだか知らないが、ぐるりと見渡したところ、苦労を背負い込まない女房など一人もいない。

「ねえ、舞……」

お栄は目を細めた。夕陽のせいではないらしい。

「あのさ、まだ玉の輿を狙ってるんなら、よしたほうがいいと思うけどな」

「なによ、いきなり」

「つまりね、野上家の若殿さまは、よしたほうがいいってこと」

「どうしてよッ」

声が裏返っている。

「うーん。合わないから、かな」

「どこが、合わないのよ」

「どこって……。そう、蛙と蛸が夫婦になれないって感じ」

「なによそれ、じゃ、なに？　あたしと若殿さまが蛙と蛸だって言うの」

舞は声を荒《あら》らげた。

お栄の言うことは、いつもわけがわからない。が、そのお栄の言葉にふしぎな説得力があるのも事実だった。だから、腹が立つ。

ぎこちなく踊っていた市之助や一九と尚武に挟まれて飛び跳ねていた市之助、息も絶え絶えに歩いていた市之助……ほんとうを言えば、町の中にいたときの市之助には少しばかり幻滅していた。

とはいえ、玉の輿は玉の輿だ。

「蛙だって蛸だってかまうもんですか。あたしはね、お酒ばかし飲んでる亭主や、借金取りに追われる暮らしや……そうよ、だらしない、いぎたないお父っつぁんがいやなの」

朝日稲荷の御狐様の御神酒まで飲もうとしていた一九、浮かれたり落ち込んだり、道端で鼾をかく父にはいいかげんうんざりである。

「あたしはもっと、きちんとした暮らしがしたいの。あの家を出て行きたいの」

舞は足を踏みならした。

「わかった、わかったってば。そんなら旗本の奥様になりゃいいさ。どうせ、居候はくたばっちゃったんだし、邪魔する者はいなくなったんだから」

お栄はもう舞のことなど関心がなさそうに、道行く人を眺めている。

そうよ、だれがなんと言ったって、あたしは玉の輿に乗るんだから——。

両の拳を握り、唇をかみしめながら、舞は胸の中で叫んでいた。それでも視線だけは、心もとなげに橋の上をさまよっている。

舞の目は、尚武の姿を探していた。

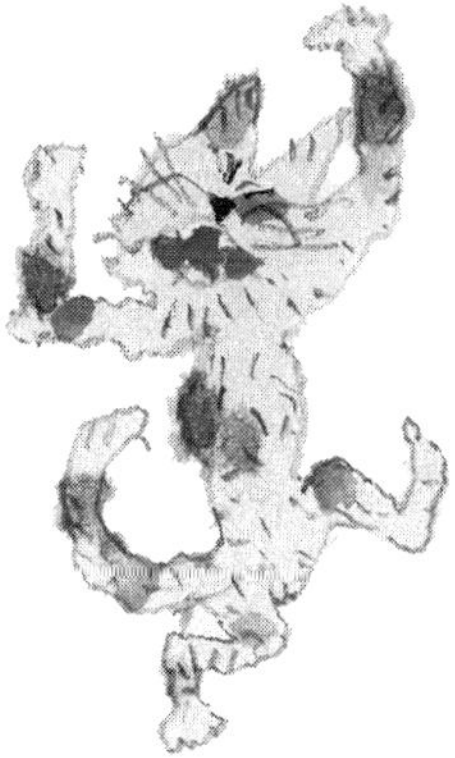

逃がした魚

一

一九《いっく》の怒声が聞こえる。

居候の今井尚武《いまいしょうぶ》が行方知れずになってから、舞《まい》の家族はいらついていた。尚武にうんざりしていた舞でさえ、うんざりする相手がいないとなるとなにやら落ち着かない。

そもそも尚武は、勝手に押しかけ、一九に取り入って弟子となり、ずるずる居着いてしまった厚かましさの権化のような男である。駿河から来たというだけで、素性さえわからない。どこで野垂れ死のうが、気にかける義理はないのだが……。

尚武が江戸へやって来たのは、敵討《かたき》ちのためらしい。

敵討ち――。

神田明神祭の夜、仇敵を見かけたのではないか。追いかけて行ったまま帰らないということは今頃……。

やっぱり気になる。

「おーい、えつーッ。呼んでるのが聞こえんのか」

一九はまだわめいていた。

舞は階段へ足をかける。

「ワッ、なんなのよこれは」

階段から廊下まで、紙が散らばっていた。一枚一枚に墨で女の絵が描かれている。娘あり年増あり姥桜あり、立ったの座ったの、右向き左向き、御所風もあれば武家女房も町娘も……さしずめ女百態といったところか。

「あ、舞。いいとこへ来た」

廊下にうずくまって絵筆を動かしていたお栄《えい》が顔を上げた。明神祭までは蛙ばかり描いていたのに、突然、女の絵に鞍替えした。どういう心境の変化があったのか。

「いいとこもないもんだ。こんなに散らかしちゃ、足の踏み場がないでしょ」

舞は身をかがめ、紙をつかもうとした。

「ああ、だめだめ。墨を乾かしてるんだから」

「まったくもう」

紙と紙とのわずかな隙間を拾って足を運び、危なっかしい格好で廊下へ下り立つ。

すると、お栄が蛙のような目を向けてきた。

「そうだ、ねえ舞、脱いでみて」

「え？」

「だからさ、裸になってよ」

突拍子のない申し出に、舞はあわや、よろけそうになる。

「馬鹿言わないで。なんであたしが裸になんなくちゃならないのよ」

「枕絵描くんだ。儲かるんだって」

お栄は真顔である。絵のことしか頭にないのだ。

「とんでもないッ。だれがなるもんですか」

「そんなこと言わないで、ね、減るもんじゃないんだし」

「自分で脱ぎゃいいでしょ。お栄さんだって、一応は女なんだから」

「舞ってば。ね、ね、このとおり」

「いやなこった。それよりお父っつぁん、騒いでるじゃないの」

足下の紙を蹴散らして、父の仕事部屋へ急ぐ。

一九は畳の上に大の字にひっくりかえっていた。文机には紙が積み上げられ、一番上の紙は墨で真っ黒に塗りつぶされている。一九が腹立ちまぎれに放り投げたのだろう、襖に墨の跡が、その下の畳に筆が転がっていた。今さら墨の跡がついたところで、しみだらけの襖だ、なんということもなかったが……。

「お父っつぁんてば、どうしたっていうのよ」

舞は筆を拾い上げた。

一九は不きげんな顔で天井をにらみつけている。

「おっ母さん、どこかへ出かけたんじゃないの。それとも居眠りか」

「ふん。どいつもこいつも……」

「あたしがやるわよ。なにすりゃいいの」

「墨だ、墨」

「わかった。磨《す》ればいいのね」

一九は中風を患っていた。一進一退しながらも、じわじわと悪い方へ向かっている。とりわけ指のしびれが顕著で、墨を磨るのは尚武の役割だった。ときには聞き書きまでさせていたから、尚武がいなくなっていちばんこたえているのは、なんといっても一九だろう。

「そら、磨ったわよ」

一九は身を起こそうとしない。

「どうしたの、あたしが書いてあげましょうか」

「おまえじゃできん」

「できるかできないか、やってみなくちゃわからないわ」

「尚武を捜せ。奴をつれて来い」

「そんなこと言ったって今井さまは……」

「いいから捜せ。見つけたら、もういいから戻れと言うんだ。引っ張って来い」

「なにが、もういいのよ。今井さまはなにをしてるの」

「うるさいッ。うるさいうるさいうるさい。あっちへ行け」

追い立てられて部屋を出る。

継母のえつは台所にいた。

「なんだ、いたの」

「いちゃわるいかえ」

えつも見るからにきげんがわるそうだった。

「そんなこと……お父っつぁんが呼んでたから」

「あたしじゃ手に負えないよ」

今井さまがいてくれたらねえと、えつは深々とため息をつく。

「まったく、どこへ行っちゃったのかしら」

「だいたいね、あんなに世話になっときながら、挨拶もなしに出てくなんてひどいじゃないか」

「急用ができたんでしょうよ、のっぴきならない……」

「それだってひと言くらい……」

こめかみを揉みながら、えつはまだうだうだと愚痴をこぼしていたが、舞はもう聞いてはいなかった。考え込んでいる。

尚武の居所に心当たりがありそうな人物が、一人だけいた。旗本の野上《のがみ》家でひき合わされた「麴町の隠居」と称する老人である。老人は尚武の事情だけでなく、一九の過去もよく知っているようだった。

会って訊ねたい。が、老人はあえて姓名を教えなかった。なにか支障があるにちがいない。老人に会うには、野上家へ行って、用人から聞き出さなければならない。

明神祭からこっち、舞は野上家へ行っていなかった。行こうにも、呼ばれていない。ひ弱な若殿さまのことだから、一九や尚武の馬鹿騒ぎに巻き込まれて体調をくずしているのではないか。それとも、地面に丸まって鼾をかいていた一九に呆れ、不作法な親を持つ舞に愛想を尽かしたか。

——お払い箱になったんでしょうか。

踊りの師匠の勘弥姐《かんやねえ》さんに訊ねてみたが、姐さんも首をかしげるばかり。姐さんのほうにも知らせはないという。

玉の輿はとうにあきらめていた。それでも、あまりにあっさりと、伝言すらないままお払い箱になったと思えば悔しいし、腹立たしい。自分からのこのこと野上家を訪ねる気にはならない。

「あーあ。なにもかも八方ふさがりだ」

舞もため息をつく。

と、そのとき、玄関で訪う声がした。町名主の徳兵衛《とくべえ》が無尽の銭を集めに来たらしい。

「ねえ、舞ーッ」

「おーい、えつーッ」

お栄と一九が縦の物を横にもしないのは毎度のこと。二人の呼び声が同時に聞こえ、母娘はやれやれと顔を見合わせた。

二

師走。あわただしい歳末である。

暮れや正月には宴席が多いので、踊りを披露する機会も増える。舞は毎日のように両国橋を渡って、本所の元町にある勘弥姐さんの稽古場へ出かけた。姐さんの供をして、出稽古や宴席にも出向く。

舞が踊りに熱中するのは、結婚をあきらめ、踊りで身を立てようと決めたからではなかった。少々薹《とう》が立ってはきたものの、旗本家の嫡男に見初められた美貌はそう簡単には衰えない。その気になりさえすれば——旗本家という玉の輿に固執しなければ——縁談はいくらでもあった。

ただ、なにも考えたくないだけ。尚武はどこにいるのか。無謀な敵討ちを仕掛けて、返り討ちになってはいまいか。市之助《いちのすけ》は健在か。祭の馬鹿騒ぎがたたって重篤になり、野上家の人々は一九と自分を怨んでいるのではないか。じっとしていれば、わるいほうわるいほうへと考えてしまう。

「フフフ、旗本家の出稽古をまかせたのも、まんざら無駄じゃなかったねえ。ここんとこ、めきめきと上達してるよ」

勘弥姐さんに褒められた。

たしかに、以前は今ひとつ真剣味が足りなかった。踊りなんかどうせ嫁ぐまでの暇つぶしだと思っていたからだ。今だって、勘弥姐さんのように、踊りの師匠になって若い男に入れあげる……なんて暮らしはしたくない。

一九は、娘を踊りの師匠にして、あわよくば生涯、親の世話をさせようと企んでいるらしい。尚武も一九に同調して、舞の婿になり、女房の稼ぎで暮らす気でいた。なんともいけずうずうしい男どもだと、舞は腹を立てていたのだが……。

一九は中風、尚武は行方知れず。今になって勘弥姐さんに褒められるとは、皮肉な成り行きである。

「あたしゃね、考えてるのさ。あんたにあたしの跡を継いでもらおうかってね」

いつになくしんみり言われて、舞は目をみはった。

「あたしなんんか、とても……」

「あんたは筋がいい。やってけるよ」

「姐さんだってまだ若いんだから……」

「そうは言ってもねえ、いろいろと考えることがあるのさ」

そんな話をした師走の一日、舞は物思いにふけりながら両国橋を渡った。歳末の橋の上はだれもが急ぎ足で、うっかりしていると突き飛ばされそうになる。

渡り終え、喧噪のるつぼのような広小路を通り過ぎた。横山町の通りにさしかかったところで足を止める。片手を振りながら駆けてくる男がいた。このあたりで出会う男といえば、この先の馬喰町二丁目に店を構える錦森堂《きんしんどう》の主、森屋治兵衛《もりやじへえ》である。

「あら、森屋さん」

舞の家も通油町の、地本《じほん》会所の敷地内にある。正確に言えば、敷地内の家を借りている。地本会所は、本屋の寄合に利用され、また刷り上がった本の検閲所としても使われていた。ふだんは人がいないから、舞の家に入り浸って飲み食いをしていた尚武が寝泊まりをしていたのも、この会所である。

今日は年末の片づけがあるため、大勢、人が集まっていた。治兵衛も加わっていたはずだ。その治兵衛が泡を食って飛んで来たということは、毎度ながら、一九が騒動を起こしたとしか思えない。

「お父っつぁんがなにか……」

治兵衛は息をあえがせ、振っていた手で地本会所の方角を指さした。

「落ち着いて、なにがあったか話してちょうだい」

一九の娘だ。大概のことにはおどろかない。おまけにお栄もいる。尚武もいた。奇人に囲まれていれば、幾多の修羅場はくぐっている。

「た、た、大変でがんすよ」

「やっぱり、お父っつぁんね」

「いえ、いや、まァ、それもあるが……お客人がおいでで」

「お客が……」

「お旗本のご用人さまでがんす。あ、ちょいと、お嬢さん、落ち着いて……」

最後まで聞いている暇はなかった。旗本の用人といえば、野上家の永島甲右衛門《ながしまこうえもん》だろう。一九と永島が顔をつき合わせたらどうなるか。尚武がいなくなってからというもの、一九はすこぶるきげんがわるい。だれにでも突っかかる。たとえ訪ねて来たのが公方さまだとしても、罵詈雑言を浴びせて追い返すかもしれない。

一刻も早く帰らなければ――。

舞は小走りになっていた。

通油町の通りを左手へ折れ、汐見橋を渡り、朝日稲荷の先が地本会所である。会所と舞の家の間に数人、人がかたまっていた。家の様子をうかがっている。かたわらには駕籠が止まっていた。簾に施された剣花菱の家紋は……。

「ああ、どうしよう」

膝がガくがくしている。

「あ、お嬢さん」

数人がいっせいに振り向いた。

「お客は……」

「へい。中におられます」

「お父っつぁんは……」

「お客人と話を」

一九はまだ、客に危害を加えてはいないようだ。

舞は勝手口へ飛び込む。

台所にえつがいた。おろおろしている。旗本家の用人という思いもかけない客を迎えて、茶菓を出すべきか酒肴を出すべきか、思いあぐねているのだろう。

「ああ、よかった。ひとりでどうしようかと困ってたんだ」

「お栄さんは……」

「絵を描いてるよ」

「こんなときに、もう……」

といっても、お栄には絵に専念していてもらうほうが安心である。奇人が二人で応対したら、ますますこんがらかってしまう。

「なら、お父っつぁんがひとりで話してるのね」

「あたしはあっちへ行けと追い払われたんだよ。なにやら神妙に話し込んでるよ」

「そんならいいけど」

いざとなれば、一九も人の親、娘のためなら礼儀正しい応対もできるのか。ほっと息をついたときだった。

「出てけッ。とっとと出て行きやがれーッ」

その一九の大音声が響き渡った。

「このォ、まぬけのぬけさくの才かち頭ののろすけのけったくれの礼儀知らずのずんべらぼうのぼんくらのらんちきのきざもんのもんきりのりょうとうの唐変木の……」

「お父っつぁんッ」

舞は青くなって座敷へ駆け込む。

一九は仁王立ちになり、握りしめた拳をふるわせていた。敷居際まで尻ずさりしながらも、驚きのあまりか、立ち上がれずにいた永島は救いを求めるように舞を見る。

「ああ、すみません。いったいどうして……お父っつぁん、お父っつぁんてば」

舞はふたりの間に割って入った。

「若殿が舞どのをご所望にて……屋敷へ迎えたいと伝えに来たのだが……」

「ならん。ならんならんならんならん」

「お父っつぁんッ」

「出てけーッ。二度と顔を見せるな。見せたら素っ首すっこ抜いて、大川に放すぞ。とっとと失《う》せろッ」

筆が飛んできた。丸めた紙も。

這々《ほうほう》の体《てい》で逃げ出した永島は、あわてたために廊下ではなく隣の部屋へ足を踏み入れてしまった。安普請だが、だだっ広い家である。

隣室の畳をこれでもかとばかり埋め尽くしていたのはお栄の描いた枕絵。肝心なところをむき出しにした男女、それも美男美女どころか不細工なおっちゃんやおばちゃんが、あられもない格好で絡み合っている。

永島は目を剝いた。懸命に詫びる舞の声も耳に入らぬのか、真っ赤になって、絵を踏みつけ、飛び出してゆく。舞があとを追いかけて表へ出たときは、永島はもう駕籠の中へ逃げ込んでいた。

「重々お詫びを申し上げます。父は病にて……」

下りた簾は上がらない。駕籠は見る見る遠ざかってゆく。

舞は呆然と駕籠を見送った。

では、市之助は、白分に愛想を尽かしたのではなく、自分を屋敷へ迎える算段をしていたのか。ようやく手筈がととのい、用人が正式に遣わされた。それなのに、一九は用人を追い返してしまった。今度こそ野上家は呆れかえるはずである。一転二転三転……玉の輿に手が届く寸前、輿ならぬ駕籠が遁亡した、激怒した用人を乗せて。

逃がした魚は大きい——。

暗澹《あんたん》としていたので、お栄が追いかけて来たことに気づかなかった。

「どうしてくれるのさッ」

耳元で金切り声がして飛び上がる。

「お栄さん……」

「あいつ、おれの絵をめちゃめちゃにしやがった」

「あれは野上家の……」

「舞だって踏んだじゃないか」

突然、怒りがこみ上げた。

「なにさ。自分のことばっかり。こっちは大変な目にあったんですからね。あんな絵くらい、また描きゃいいでしょ」

「あんな絵とはなによ。あれはね、わざわざ銭出して、裏の長屋の連中に頼んで見せてもらって、それでやっとこさ描いた……」

　借家の裏手には六兵衛店という棟割長屋がある。

「見せてもらったってお栄さん……」

「腹の出た亭主と頭痛除けの飯粒貼り付けた女房じゃサマにもならないけど、あんなもん、見なきゃ描けないだろ。舞がいやだって言うから、とんだ物入りだよ」

「物入りって……どこにそんな銭があったの」

「蛙描いたときの残り……と、舞のもひとつだけ」

「まさか、あたしの正月の晴れ着を質草にしたんじゃ……」

「質屋の親父には流すなって言っといた。枕絵ができたら代えっこしてくれるって」

　怒りのあまり、舞は目がくらみそうだった。一九といい、お栄といい……。

「もうもう、がまんできないッ。出てけって言いたいけど、お父っつぁんやあんたが出てくはずないし……。こうなったら、あたしが出てってやる。こんな家、まっぴらだッ」

舞は地団駄を踏んだ。

「出てくってどこへ……」

お栄はきょとんとしている。

舞は狼狽した。一九の顔など見たくない。が、どこへ行けばいいのか。

「そうだ。あんたの亀沢町の家、空き家なんだから……」

「いいけど。おれが舞んちにいて、舞がおれんちへ行くなんて、なんだかおかしいね」

「おかしくたっていいわよ。あたしは一人になりたいのッ。あんたたちの顔なんか、もう見るのもごめんだ」

そうと決まれば早いほうがいい。玉の輿をぶちこわした張本人、一九への怒りが煮えたぎっていた。この家にいれば、これからだってろくな目にはあいそうにない。

足音荒く、台所へ駆け込む。

「お客人はお帰りかえ」

間のびしたえつの物言いが怒りの火に油をそそいだ。

「そりゃ帰るでしょうよ。こんなとこ、まともな人間はいられやしない。おっ母さん、あたしも出てくからね」

「おや、お旗本のお屋敷へ行くのかえ」

「なに、とぼけたこと言ってんのよ。行けるわけないでしょ。なにもかもだめになっちゃったんだから、お父っつぁんのせいで。あたしはね、家出するの」

えつは「そうかい」とうなずいた。おどろくふうもない。

「だったらお正月が終わってからにおしよ」

「家出ってのはね、思い立ったときにするもんなの」

「あれま、今年は森屋さんがお餅を配ってくれるっていうのにねえ」

「お餅を……だめだめ。のんびりお正月なんてしてたら家出しそびれちゃう」

「なら、せめて年越し蕎麦でも食べてったらどうだい」

「そうねえ……だめだめだめッ。今日、今、すぐに、出てくの」

「そんなら手あぶりも持ってお行きよ。風邪ひかないように」

えつと話していても埒《らち》が明かない。舞は一九と顔を合わせないよう、忍び足で二階へ上がり、当座の荷物を風呂敷に包んだ。銭はわずかしかないが、いざとなったら勘弥姐さんに泣きついて、出稽古の助手をつとめる際にもらう小遣い銭を前借りすればいい。勘弥姐さんの家と亀沢町の空き家はわずかな道のりだから、稽古に通うには好都合だった。

「ふうん。ほんとに行くんだ」

お栄はそれでも荷物を半分持ち、両国橋まで送って来た。

「急ぎの仕事があるから、わるいけど、ここで」

「いいから早く帰ってよ。早いとこ仕事を終えて、着物を請け出してもらわなきゃ」

舞はひとり、両国橋を渡る。少し歩いてから振り向くと、お栄はまだ、人の流れに逆らうように両足を踏ん張って、同じ場所に立ちつくしていた。

冬の陽が西に傾いているので、その表情まではわからない。

三

亀沢町の榿馬場《はんのきばば》にほど近い二階家で、舞は独り暮らしをはじめた。

この家は北斎が建てたもので、階下の広々とした板間は仕事場である。ひと頃は北斎とお栄の父娘が並んで絵を描いていた。お栄が南沢等明《みなみさわとうめい》のもとへ嫁ぎ、放浪癖のある北斎が家に居着かなくなると、女房のおことは寒々とした家を嫌って、深川の亀久町の小家へ移ってしまった。つまり空き家になったわけだが、北斎が気まぐれに戻ってくることもあり、離縁したお栄がときおり寝泊まりすることもあって、夜具や鍋釜など、ひと通りの日用品はそろっている。

師走も半ばを過ぎていた。この家にいれば煤払いも拭き掃除もしなくて済む。正月仕度もいらない。掛け取りに押しかけられて右往左往することもない。

「おや、北斎先生の家に……。そりゃよかった。ご近所になったんだからさ、ますます稽古に励んどくれよ」

勘弥姐さんには歓迎されたものの、舞の心は沈んでいた。

ひとりぼっちの侘《わび》しい年の瀬である。

それもこれもお父っつぁんのせいだ――。

憎きは父の一九。縁談を台無しにされたのは、これが最初ではなかった。娘を嫁にやる気など端《はな》からないのだ。だから縁談をぶちこわし、尚武のような婿をあてがって、家にしばりつけようとしている。

言うなりになんか、なるもんか――。

侘しかろうが寂しかろうが、家へ帰るつもりはなかった。今度という今度はがまんがならない。野上家は旗本である。その嫡男が、ぜひに、と望んでいるというのに、話を持ってきた用人を怒らせて追い返してしまうとは、いったいどういう了見か。

奇人の父を持った不運を嘆き、失ったものの大きさを思って七転八倒しながらも、舞は踊りの稽古に専心した。今、できることはそれしかない。勘弥娼さんに野上家への取りなしを頼もうかとも考えたが、なぜか、その気力もわいてこなかった。万にひとつ、仮親を立てて野上家へ入ることができたとしても、父娘《おやこ》の縁を断ち切れようか。あの一九がいる以上、安泰な暮らしは望めそうにない。

当の市之助への未練は、お栄が勝手に質草にしてしまった正月用の晴れ着と似たり寄ったりだった。たぐいまれな美貌と育ちの良さからくる穏やかな気性は、なににも代え難いと思う。が、一方で、常に家臣の目にさらされる暮らしは、さぞや肩が凝るだろう、とも思った。虫がつきはしないか、しみができはしないかと、着ていても落ち着かない晴れ着と同じだ。

ともあれ、今は野上家より我が家のほうが気がかりだった。一九の中風はどうか。腹立たしいが気にかかる。思うように戯作ができない苛立ちで、ますます自暴自棄になっているのではないか。物入りの年の瀬、えつは頭を抱えているにちがいない。お栄は他人の迷惑など顧みず、あの、いやらしい枕絵を描き散らしているのか。それに、尚武の行方は……。年末年始に、もしや、ひょっこり帰って来るかもしれない。

家出してから五日経ち十日経っても、だれも、なにも言って来なかった。それもまた、舞の焦燥をかきたてる。頑固な一九はともかく、えつかお栄か、舞がどんな暮らしをしているか、一度くらい見に来てもよさそうなものではないか。とりわけお栄は舞の家に居候して衣食住を得ていた。自分の家にいる舞が不便な思いをしていないか、足りないものはないか……いや、そこまでは気がまわらなくても、せめて、舞の家の現状を知らせに来てしかるべきである。

「まったくもう、お栄さんときたら、気が利かないんだから」

踊りの稽古に行った帰りは、決まって両国橋まで足を延ばした。我が家は橋の向こう側である。橋のたもとに佇《たたず》んで人混みの彼方を眺める。意地でも渡るつもりはなかったけれど……。

「ちょうどようがした。今、檻馬場のお宅をお訪ねするところでがんした」

暮れも押し詰まったある日、橋のたもとで治兵衛と出会った。

「また、お父っつぁんが騒ぎでも……」

治兵衛に会うとろくなことがない。うんざりしながら訊ねる。

「いえいえ、あちらの皆さまから、お嬢さんの様子を見て来るようにと言われまして」

なにさ、今頃――。

むっとしたものの、こちらとしてもあちらの様子が知りたい。二人は橋詰の一画にある葭簀《よしず》掛《が》けの茶店で話をすることにした。

縁台に腰を掛けて、麦湯と団子を注文する。

「ここは手前のおごりでがんすよ」

しまり屋の治兵衛は珍しく気前のよいところを見せた。

「お元気そうでようがした。先生もたいそうご心配のご様子で……」

「お父っつぁんが心配するわけないでしょ。自分のことしか頭にないんだから」

「そんなことはございませんよ。一日も早く帰ってもらいたいと、お心の内では思っておられるはずで……」

やっぱり思ったとおりだ。一九が娘を心配して、様子を見て来いと治兵衛に頼んだのではなかった。お節介な治兵衛が勝手に気をまわしたのだ。

「それならだれの差し金？　おっ母さんね。年末で人手が足りないから、呼び戻して掃除でもさせようってんでしょ」

お栄はじゃまにこそなれ、役には立たない。えつは往生しているのだろう。

「まァまァまァ……」

舞のとげとげした口ぶりに、治兵衛は苦笑する。

「そのとおりでがんす。しかし、掃除のためではございません。おかみさんは手前に先日の騒動の話をなさいましてね、お旗本家からの良縁をなぜ頭ごなしに断ったのか、先生に問いただしてほしいと……」

「お父っつぁん、なんて言ったの」

舞が知りたいのもそのことだった。評判の小町娘には武家奉公を勧める者もいた。大店が身元引受人になれば叶わぬことではない。だが一九は頑としてはねのけてきた。一九自身かつては武士だったと聞くが、なぜ武家を毛嫌いするのか。そのくせ、浪人の尚武をいたく気に入り、娘をくれてやる、などと言うのだからわけがわからない。

治兵衛は団子のついた指をなめた。麦湯をすする。

「あの日、野上家のご用人さまが話を持っていらした際、先生ははじめのうち、じっと耳を傾けていたそうでがんす。ところがご用人さまが、お側妾《そばめ》に、とおおせになられますと、にわかに不きげんになられ……」

「でも相手はお旗本だもの。正妻になれるはずもなし」

側妾に上がるにも、名ばかりとはいえ、武家の養親が必要である。それは永島自らが引き受けるつもりでいたらしい。正妻となればむろん、それでは済まない。婚姻とは家と家の結縁だから、身分の釣り合う家の娘を迎えるのがしきたりだった。舞でさえ、そのくらいのことは承知している。市之助の正妻になれるとは思っていない。

「ですが先生は側妾などもってのほか、正妻でなければ断ると……」

「お父っつぁんたら、身の程知らずなんだから」

一九は『東海道中膝栗毛』が大当たりをとって人気戯作者になった。が、掛け取りに押しかけられて逃げまわるほど家計《たつき》は苦しい。家は借家、着物も食べ物もつつましく、舞の踊りの稽古の束脩《そくしゅう》も、舞自らが師匠の弟子をつとめてまかなっていた。だいいち今の一九は一介の町人で、どう考えても旗本家とは釣り合いがとれない。

馬鹿馬鹿しくなって、舞も団子にかぶりついた。

「それでまァ、手前からも、お側妾とはいえ正式に迎えられ、お披露目もされるというなら、これは玉の輿ではないかと申し上げました。お嬢さんがご愛妾となられてご嫡男でもお産みになれば怖いものなしでがんすよ、と」

「お父っつぁんはなんと……」

「硯箱が飛んで参りました」

「やっぱりね」

舞はため息をつく。

「ご用人さまは、多額の仕度金も用意するとおおせになられたそうでがんすよ。先生のご病気には銭がかかります。よい医者や薬も当家にて用意しようと言われたそうで、いやがる娘を差し出すわけではなし、お嬢さんご自身もお望みならこれほどよい話はないと思うのですが……」

銭がないと酒も飲めない。稲荷のお狐さまの御酒さえ盗み飲みをしようという一九である。飛びつきそうな話ではないか。

「お父っつぁん、なにを意固地になってるのかしら」

舞は首をかしげる。

「娘を同じ目にあわせたくない、と、その一点張りでして」

「同じ目……。なによ、同じ目って？」

「うかがいましたがそこまでは……」

団子を食べ終えて、二人は腰を上げた。

「お腹立ちはわかりますが、お嬢さんもそろそろお帰りになられちゃどうでがんすか。お正月くらいは、やはりご家族そろってお祝いをなさいませんと」

正直なところ、舞も我が家へ帰りたかったが……。

「帰るもんですか。お父っつぁんの顔なんか、見るのはまっぴら」

つっけんどんに言い返した。仕度金やら医者と薬やら、手の届くところにありながら父のせいで煙と化してしまったもののことを思うと、またも腸《はらわた》が煮えくりかえってくる。怒りとは別に、舞には気になることがあった。

橋のたもとで別れる段になって、舞は治兵衛を呼び止める。

「へい、なんでがんしょ」

「お栄さんに、用事があると伝えてもらえないかしら。早々に来てほしいって」

「へいへい、おやすい御用で」

「必ず来るようにと言ってね。お栄さん、絵のこと以外は頭に入らないから」

「では、北斎先生が帰っておられました、とでもお伝えしましょう。そうすりゃ、すっ飛んで参りますよ」

お栄はしょっちゅう父親の悪口を言っている。それでいて、父をだれよりも敬慕していた。

北斎は、一九に勝るとも劣らぬ奇人である。本所・深川・浅草界隈の借家を忙しく移り住みながら、絵を描きまくっている。そんな北斎でも、自分とよく似た末娘のことだけは気になっているらしい。

父娘とは、そんなものかもしれない。反発しながらも気にかかる――。

治兵衛と別れ、舞は愷馬場の寓居へ帰った。寒々とした家で、ひとり侘しく粥をすする。ある考えが、炙《あぶ》り出しのごとく、ひとつの形になろうとしていた。

翌日、お栄がやって来た。

「お父っつぁんは……」と階下を見まわし、「なァんだ、帰っちゃったのか」と落胆の色をあらわにする。

「お栄さんがいるときにまた来るってさ」

舞はすまして答えた。お栄のきげんを損ねると厄介である。

「それより、ねえ、頼みがあるんだけど……」

「やだよ」

「まだなにも言ってないじゃない」

「忙しいんだ。絵、仕上げなきゃ」

お栄は早くも腰を上げかけている。

「待ってよ。お願い。たっての頼みなんだから」

両手で拝むと、しぶしぶ腰を下ろした。

「面倒なことならお断りだよ」

舞の家に居候して飲み食いをしているくせに、まったく可愛げのない奴である。

むっとしながらも、舞は神妙な顔をとりつくろった。

「あたしの代わりに、野上家へ行ってもらえないかしら」

お栄は目を丸くした。絶句している。

「そうじゃないってば。側妾になってくれっていうんじゃないの。お使い。永島さまにお会いして、訊ねてほしいことがあるの」

こんな状況では、舞が出て行くわけにはいかない。むろん、お栄が行ったところで会ってもらえるかどうかは疑問だったが……。

お栄はにべもなかった。

「そんな暇ないね」

「暇って……絵、描いてるだけじゃないの。家の手伝いもしないでさ」

「しかたないだろ。注文に追われてるんだから。それもこれも、あんたらがぐしゃぐしゃにしちゃったせいじゃないか」

「他人のせいにしないでよ。あんな絵、描いてさ。突き返されたんでしょ」

勢いで言ったのだが、的を射ていたらしい。お栄は顔をゆがめた。

「あれは、裏長屋の連中に頼んだのが失敗だったんだ。せめて女のほうはもっと別嬪でなきゃあ、とかなんとか……」

「そりゃそうだわよ。だれがあんな絵、買うもんですか」

「だからさ、困ってるんじゃないか。急いで描き直さなけりゃならないけど、裏の長屋じゃ、お乳の垂れた婆さんか三段腹のおっ母さんしかいないもの」

舞は丹田に力を込めた。

「よし。わかった。ねえ、お栄さん、こうしようよ。お栄さんが野上家へ使いに行ってくれたら、あたしが裸になったげる」

「ほんとッ」

お栄は目をかがやかせた。

「だけど、あんないやらしい格好はしませんよ。そこはお栄さんが、上手く長屋の絵と組み合わせてつくること、それでもいい？」

お栄が同意したので、使いが終わったら、場所はここで、と早速話がまとまった。自分の裸を絵にされるのはこそばゆい気もするが、考えてみれば湯屋ではいつも裸を見せているのだ。どのみち絵を描くことだけに取り憑かれているお栄にとっては、舞の裸だろうが土蛙の昼寝だろうが、大差はないにちがいない。

「で、野上家でなにを訊ねりゃいいのさ」

一刻も早く枕絵に取りかかりたくてうずうずしているからか、いつものお栄とちがって頭の働きが速い。

「あのね、今から言うとおり覚えてほしいの。舞が以前、ここで出会った際、麴町のご隠居からこちらにあるような屏風絵を頼まれたとお聞きしました。お訪ねして絵柄をご相談したい、ついてはお屋敷をお教え願いたいと……」

「むりむり。覚えられないよ」

「もう一度、言うからね、ここで以前、出会った際に……」

「いったいなにを知りたいのさ」

「麹町のご隠居の住まい」

「なんだ。だったらはじめからそう言やいいのに」

「だって、訊き出すには、それなりのわけを話さなきゃならないでしょ」

「でなけりゃ袖の下か。ご用人さまじゃなくたって、下僕にでも訊きゃわかるよ」

「そんな銭、どこにあるの」

「銭より効くもの、枕絵」

「お栄さんッ」

あれこれ言い合った末、ともかくお栄に一任することにした。まずお栄が老人の住まいを探り出す。わかったら舞が裸になる。

この暮れの忙しい最中に馬鹿げたことをしている、とは思ったが……。

「ねえ、舞……」

帰りしな、お栄は思い出したように言い足した。

「小父さん、泣いてたよ」

「え？」

「お堂でさ、こっそり」

お栄が言ったそのひと言が胸に突き刺さったからではない。なんとしても老人に会って一九の秘密を聞き出そうと、舞は決意を固めていた。

四

鹿威《ししおど》しがカンと鳴って、思わず飛び上がりそうになる。

丹精された庭が見える小座敷の、塵ひとつない青畳に正座して、舞はコチコチになっていた。踊りの出稽古でも、ときおり旗本屋敷を訪ねる。現に野上家も旗本で、冠木門《かぶきもん》に長屋塀のある屋敷を構えていた。豪壮な屋敷に圧倒されたわけではない。

ここは三千石の旗本家、それも町奉行を一度ならず務めたという小田切《おだぎり》家の屋敷である。

舞がいるところは、当主の屋敷ではなかった。敷地内にある庵で、ここに「麴町の隠居」と呼ばれる老人が隠棲している。老人は、小田切家の血縁であり、長年、用人を務めたこともあって、老いて職を辞した今も丁重に遇され、当主のご意見番のような役割を果たしていた。

シャッシャッシャッと茶を点《た》てる音がして、舞の膝元に山緒ありげな茶碗が置かれた。ひととおりの作法は勘弥姐さんから仕込まれている。一礼をしてそつなく茶を喫したものの、緊張のあまり味わう余裕はなかった。

「鳶《とんび》が鷹を産んだか」

老人は目を細めて舞を眺めている。白髪も品のよい面立ちも変わらないが、野上家ではじめて出会ったときより、舞を見る目は和らいでいた。

「いや、鳶ではないの。そなたの父御も昔は鷹じゃった。それも見事な隼よ」

舞は目を瞬いた。中風は去年からとしても、舞の知っている一九は、短気、偏屈、大酒飲みと三拍子そろった父親で、鷹どころか鳶でさえない。せいぜい老いぼれ烏といったところか。

「父の昔のことを、どうぞ、お教えくださいまし」

舞は改めて両手をついた。

「ふむ。そろそろ訪ねて参る頃かと思うたわ」

「と、仰せになられますと……」

「与七《よしち》、おっと今は一九か、ついつい昔の呼び名が出てしまう……一九は野上家の要請をけんもほろろにはねつけたそうじゃの」

「はい。せっかくお越しいただきましたのに、ご用人さまには大変なご無礼をいたしました」

「たしかに永島どのはへそを曲げておられたが、ま、わしはの、一九の思いがわからぬでもない」

「どういうことにございましょうか」

舞はじっと老人の口元を見つめている。そこからなにが飛び出すか、懼《おそ》れにも似た興奮を覚えながら。

老人はひとつ、長い息を吐いた。

「一九は……まことは貞一《さだかず》さまと申し上げねばならぬのだが……この小田切家のご子息なのじゃよ」

烏が鷹を産んだと聞いても、これほどおどろきはしなかったろう。武士を棄てたことは知っていた。が、まさか、三千石の、町奉行まで出した家の血筋であったとは……。びっくりしすぎて、舞は声も出ない。

「驚いておるようじゃの。むりもない。事のはじめから話してやろう」

老人によると、一九は、今はとうに鬼籍に入っているが、当時、代官職にあった小田切家の先々代、土佐守直年《とさのかみなおとし》が駿府に滞在していた際、こうという娘との間につくった子だという。江戸へ戻ることになった土佐守は、身重だったこうと泣く泣く別れた。こうは意を含められて駿府町奉行所の同心、重山《しげれ》幾八《いくはち》の妻となり、一九を産んだ。一九は同心の子として駿府で成長したが、十一のとき、母のこうが病没。翌年には、元服ののち、江戸の小田切家へひき取られた。

「駿府育ちのせいもあろうが、利発で腕白なお子での、土佐守さまはお目をかけておられた。が、それがかえって、ご本人にはお辛うもござったようじゃ」

歳の順から言えば長男だが、母親の身分が低いので、正妻の子供たちに遠慮して小田切は名乗らず、あくまで重田貞一を通した。だが賢明で機敏、体格もよく、目鼻のととのった美男ということもあって、周囲からは警戒の目で見られたようだ。

一九が十七になったとき、土佐守は駿府町奉行に就任した。一九は自ら願い出て駿府へ同行、重田家へ戻ったが、ここにも居場所はなかった。

「重田家はお奉行さまの隠し子を押しいただき、当然ながら下へも置かぬ扱いをした。が、重田家にはこうが幾八との間に産んだ弟がいた。今さら舞い戻って家を継ぐのは、一九としても心苦しかったのだろう。家督を弟に譲り、土佐守さまについて大坂へ行くことにした」

三年の任期を終え、土佐守は大坂東町奉行に就任した。一九もしばらくは大坂で土佐守に仕えていたが……。

「江戸にも駿府にも帰る家はない。当時、大坂奉行所では不正にかかわる事件などもあったゆえ、武家の暮らしがいやになったのだろう。香道やら鳥羽絵《とばえ》やら浄瑠璃やら、遊びほうけるうちに町人暮らしが面白うなったか。一九はあっさり士分を棄ててしもうた」

「大坂では材木商の入婿になって、浄瑠璃など書いていたと聞いたことがございます」

近松東南《ちかまつとうなん》の門下となり、近松余七という名で浄瑠璃の本を書いたと、一九は今でも酒が入ると自慢している。大坂暮らしは都合七年。材木商の娘と離縁して江戸へ舞い戻った。といっても行く当てはないから、版元の蔦屋《つたや》重三郎《じゅうざぶろう》の家へ転がり込んで戯作をはじめたのが、『東海道中膝栗毛』の作者、十返舎《じっぺんしゃ》一九を生むきっかけとなった。

「遊蕩三昧で身代をつぶし、叩き出されて江戸へ逃げて来たのでしょう、そんな噂を聞きました」

「ま、それもあるやもしれぬが……」

老人は意味ありげな目で舞をじっと見る。

「土佐守さまは寛政四年に江戸北町奉行に就任された。一九は翌年、江戸へ移った」

あッと舞は声をもらした。

「では、父は土佐守さまを追いかけて参ったのでしょうか」

「いかにも。土佐守さまが亡《の》うなられるまで、一九は土佐守さま、いや、実父のために働いておったのじゃ」

「ということは……土分を棄てたのも、材木商の婿になったのも、戯作をはじめたのも……あちこち取材に出かけていたのももしや……」

一九がなぜ『東海道中膝栗毛』を書いたか。諸国の情勢を父、土佐守に知らせるためではなかったか。一九が土佐守の懐刀、いわば密偵役をつとめていたとすれば、すべての謎が解ける。

「ご隠居さまは昔、あたしを見かけたことがあると仰せでした。母も申しておりました、おまえが小さい頃、お武家さまが我が家へおいでになられたと」

「あれは土佐守さまが亡うなられたときだ。以来、一九は小田切家と縁を切った」

「さようでしたか……」

「土佐守さまのために一九が働いた、と言えば聞こえはよいが、むろん、父子の仲がいつも順調だったわけではないぞ。一九は母を棄てた父親を怨んでいた。若い頃はずいぶん土佐守さまを困らせたものだ」

見知らぬ武士が訪ねて来たあと、一九は泣いていたとえつは言った。父子として暮らすことこそ叶わなかったが、生涯つかず離れず、たとえ愛憎相半ばする思いがあったとしても、いや、それだからこそ、唯一の血縁であった土佐守を失った悲嘆はさぞや大きかったにちがいない。一九の半生は、良きにつけ悪しきにつけ、土佐守の隠し子という生い立ちを抜きにしては語れない。

「わかりました、なぜ、父があたしを野上家へやりたくないのか……」

娘に自分の母親と同じ道を歩ませたくない。娘が産むであろう子に、自分と同じ、出生ゆえの苦悶を味わわせたくない。その思いの陰には、一九の血のにじむような半生があったのだ。

老人は目元を和らげた。

「老婆心ながら、わしも一九の考えに賛成じゃ。野上家はそなたに一縷《いちる》の望みを託しておったようだが、ご嫡男のお体ではお子は望めまい。すでにご養子の話も出ておる。となれば、そなたも肩身が狭かろう。いずれにしろ、一九の娘御に、窮屈な暮らしは似合わぬと思うがの」

老人の言うとおりである。血縁のある名家から養子が迎えられれば、側妾の産んだ子などどれほどの価値があろうか。その子でさえ、十中八九、望めぬと老人は言っている。

「本日はありがとうございました。お陰で父の気持ちがわかりました」

「おう、それは重畳《ちょうじょう》」

「おいとまする前に、もうひとつだけ、おうかがいしてもよろしゅうございますか」

「言うてみよ」

「今井さまのことですが……あのお方とご当家はどういうかかわりがあるのでしょう」

はじめから訊ねるつもりだった。どうしても知りたい。

老人はしばし瞑目した。言おうか言うまいか、思案しているらしい。

「尚武の父親も駿府の生まれでの、一九と共に、当家のために働いていた。土佐守さまが亡くなる少し前だが、由々しい事件があった。怪しき人物を追いつめたまではよかったが、尚武の父親は返り討ちにあった。尚武はの、逐電したそやつを捜しておるのじゃ」

「では、お父上の敵《かたき》、ということですね」

「さよう。詳しいことは、当家の内情にかかわるゆえ話せぬが……尚武の父親と一九は無二の友だった。一九はたいそう心を痛め、どこぞへ行く際は必ず駿府へ立ち寄って、尚武の成長を見守ってきたと聞いている」

なるほど、一九が尚武に肩入れをしていたのは、朋友の子であったからか。

舞は尚武が行方知れずだと話したものの、老人も居所については考えがないようだった。

「敵を見つけたか。であれば、なにをぐずぐずしておるのかのう」

けげんな顔をしている。

「今井さまの敵とは、どのようなお方でしょうか」

舞が問うや、老人は鋭い目になった。

「一刀流の使い手だ。頭が切れる。男っぷりもよい。当家におったときは……土佐守さまのご信任も篤かったが……」

尚武の敵は小田切家の元家臣、それも並の男ではないらしい。遠国まで追いかけて行ったか。それともすでに相討ちか返り討ちにあったか。どこか人里離れた場所で骸《むくろ》になっているということも……。

どうぞご無事でいてくださいと、舞は祈る。父親の敵討ちと聞けば、なおのこと、尚武の安否、事の成否が気がかりだった。

老人に礼を述べ、舞は小田切家をあとにした。

麴町から本所の亀沢町までは一里半ほど。両国橋へ出るには神田を通る。あえて通油町を避け、小伝馬町から馬喰町の通りを歩く。

舞の眼裏には、一九の顔が浮かんでいた。稲荷のお堂でひとり泣いていたという父——。

身勝手で横暴で飲んだくれにはちがいないが、一九はこれまでいやというほど辛酸を舐めてきた。武家の庶子であったがために、母親の哀しみを知っていたがために……。だからこそ、娘を武家の側妾になどするものかとがんばったのだ。

両国広小路には歳末ならではの市が立っていた。大小の門松が所狭しと並んでいる。荒神松《こうじんまつ》売りや、御酒の口売りが大声で客を呼んでいる。三方や注連縄《しめなわ》、甘酒や飾り餅……羽子板や凧《たこ》、独楽《こま》のまわりには子供たちが集まっていた。

新しい年がやって来る。

殺風景な他人の空き家で、ひとり正月を迎えるか。飲んだくれでも偏屈でも心の底では自分を愛しんでくれている父と、継母とはいえ赤子のときから慈しんで育ててくれたえつ——二人のいる我が家でにぎやかな正月を過ごすか。

答は、もう決まっていた。

その前にそう、お栄との約束がある。

気が乗らない仕事はとっとと片づけて、もう一度、今度はお栄と一緒にこの橋を渡ろうと、両国橋を渡りながら舞は考えていた。

毒を食らわば

一

朝日稲荷の境内の桜が満開になった。

といっても祠の後ろの日当たりのわるい場所にあるので、薄墨色の花がしょぼしょぼとまばらに咲いているだけの、まことにもって貧相な老木である。鶯どころか雀もめったに寄りつかない。訪れるものといえば、ごくたまに野良犬が小便をひっかけてゆくくらい。

その木の下に筵《むしろ》を敷いて、六兵衛店の老若男女が飲めや歌えの騒ぎに興じていた。はじめから、だれも花など見ていない。目当ては隣家の主、十返舎一九《じっぺんしゃいっく》のふるまい酒と、一九の妻と娘が作った心づくしの弁当である。

そもそも、だれが言い出したのか。

「今年の花見はぜひご一緒に。はい、承知しております。むろん、近場にて」

数日前、長屋の差配が相談に来た。

一九は中風を患っている。遠出はできない。それもあって、このところ不きげんの権化だった。もとより無愛想な男で、弟子の今井尚武《いまいしょうぶ》が行方知れずになってからというもの、朝に晩に腹を立てている。

その一九が二つ返事で快諾した。一九は無類の酒好きだ。花見となれば、大っぴらに酒が飲める。錦森堂《きんしんどう》や蔦屋《つたや》や、なじみの書肆《しょし》に酒樽をねだれる。飲んだくれても文句は言われない。

そんなわけで、近場も近場、一九の借家がある地本《じほん》会所の隣の朝日稲荷が花見の会場となった。たしかにここなら人っ子一人いない。場所の取り合いもない。

「へへ、貸し切りとは豪勢な」

長屋の連中は浮かれているが……。

——なにが花見よ。

否応なしに駆り出され、しょぼくれた桜を見せられて、舞《まい》はうんざりしていた。

「これじゃ花見気分もありゃしない、ねえお栄《えい》さん」

弁当の支度をさせられたのも、踊りの稽古を休む羽目になったのも、気にくわない。

お栄は紙と矢立を持参して、こんな場でもせっせと絵を描いていた。それでいて酒はがぶがぶ飲むわ、他人の弁当をたいらげるわ……。蛙によく似たご面相は、目元も鼻もすっかり朱色に染まっている。

「いやなら帰りな」

お栄はひと言。舞を見ようともしない。可愛げがないのはいつものことだが、なんとまあ、憎々しげな言い草か。

舞はむっとして、継母のえつに目を向けた。

「おっ母さん。いいの、お父っつぁん放っといて」

えつはぐびりと酒を飲んだ。

「こうなっちゃもう、あたしの手には負えないよ」

「だからって……」

「踊る阿呆《あほう》に見る阿呆って言うだろ」

よく見れば、目が据わっている。

舞は老桜を見上げて、ため息をついた。たしかにこういうときは「踊るが勝ち」だろう。まともな人間より奇人のほうが、この世は生きやすい。

「酔った、よたよた、五勺の酒で、一合飲んだら、またよかろ……」

十八番《おはこ》の唄をうたいながら、一九は身ぶり手ぶりよろしく踊っていた。酒が入ると別人になる。中風病みの踊りはぎこちないが、円陣になった長屋連中がさかんに囃《はや》したてるので、一九は上きげんである。

「手拭いと思うてかぶる褌《ふんどし》は　さてこそ恥をさらしなりけり」

大当たりした『東海道中膝栗毛』の中の一首をおどけて朗ずるや、着流しの裾をまくり上げ、片手を突っ込んだ。本当に褌をかぶるつもりか。

「お父っつぁん、いいかげんにしてよッ」

舞の声は囃し声と手拍子にかき消される。

ア、ホイ、ア、ホイ、ア、ホイホイホイホイ……手拍子に合わせて褌を解こうとするものの、悲しいかな、思うように指が動かない一九は四苦八苦。その格好がまたおかしくて笑いを誘う。

一九の破廉恥ぶりにあきれながらも、舞は一方で、これまでとは異なった目で父を見ていた。生い立ちの秘密を知ったからだ。一九は三千石の旗本、小田切土佐守《おだぎりとさのかみ》の隠し子だという。武士を棄ててからは、終生、土佐守の隠密役を務めた。滑稽本の人気作者として一世を風靡したのちも借金取りに追われ、酒と女に溺れ、奇矯なふるまいで人々を瞠目させてきた男には、もうひとつ、別の顔があったのだ。

一九は、舞が旗本の側妾になることを、断固、許さなかった。土佐守に召された生母は、孕んだ腹の子ごと同心に下げ渡され、一九を産んだ。母と同じ苦しみを、娘にだけは味わわせまいとしたのだろう。奇人の見かけの下に、一九はどれほどの孤独や苦悶を抱えて生きてきたのか――。

ひとり酔えぬまま、舞は馬鹿騒ぎを眺める。

と、そこへ、

「お楽しみのところ、おじゃまいたします」

錦森堂の森屋治兵衛《もりやじへえ》がやって来た。手代ともう一人、見慣れぬ職人風の男が、馬鹿でかい桜の木を担いで治兵衛のあとに従っている。

作り物の桜木だった。

「へい、ごめんなすって。すっかり遅くなりやして……」

手代はぺこりと頭を下げた。

「とんだこって、実は吉野山の道行の場面でこいつが倒れちまいましてね。幸い静御前《しずかごぜん》も忠信《ただのぶ》も無事でござんしたが、こっちの修理に手間取ったってなわけでして……」

職人風の男が言い訳をする。してみると歌舞伎の道具方、作り物の桜は『義経千本桜』で使った書き割りか。

「間に合ってようがんした」

治兵衛は二人に指図をして、桜木をその場に据えつけた。偽物とはいえ、ぱあーっと座が華やかになる。

「こいつはいいいや」

「おやまあ、本物よかずっときれいだよ」

「母ちゃん、桜だ桜だ」

長屋の一団は大喜び。

勧められるままに、治兵衛と手代、道具方も花見の宴に加わった。筵にあぐらをかき、ひと口ふた口、酒を口にしたところで、

「そういや、十返舎一九先生のお弟子ってェお人にお会いしました」

と、道具方が言った。

一九も、舞もえつも目をみはる。

「今井尚武かッ」

「へい。たしかそのような……。もっとも長屋では偽名を使っておられますが」

「どこだッ。どこで会ったッ」

つかみかからんばかりの勢いで、と言いたいところだが、一九にその力はない。

「今井さまは、どこで、なにをしておられるのですか」

舞は一九を鎮め、父に代わって道具方に訊ねた。今や、尚武が親の敵《かたき》討ちをするために江戸へやって来たことは明々白々である。その敵が小田切家の元家臣で、一刀流の使い手であることも、麴町の隠居と称する老人から聞かされていた。

「木挽町《こびきちょう》の裏店で、病人の看病をしておられやす」

道具方はあっさり答えた。

思いもよらない話に、一九もえつも酔いがすっ飛んだのか、顔を見合わせている。

舞も耳を疑った。敵討ちはどうなったのだろう。

「病人とはどのようなお人ですか」

もしや敵か、と、身をのりだしたのだが……。

「病みつく前は、木挽町の森田座で番付や名題の看板を書いておりやした。まあ、座付きってなわけでもなく、雑用などしながら便利に使われておりやしたようです」

「名はなんという……」

一九もけげんな顔である。

「八助《はちすけ》でございます」

「聞かん名だなあ」

「ご浪人さまがねんごろなご看病をされておられますので、てっきり父御じゃねえかと……」

「あいつの父親ならとうに死んでおるわ」

「ではご親戚でござんしょう」

「どうもおかしい……」

一九はすぐにも飛んで行きたそうだった。が、中風の上に酔っぱらっている。とても木挽町まで行けそうにない。

「おい、尚武に会って、事情を聞いて来い」

一九は舞に命じた。当惑しながらも、舞は立ち上がっている。

尚武が行方知れずになって半年。ずっと安否が気になっていた。一刻も早く会いたい。居候しているときは厚かましさには辟易していたものの、いざいなくなると心配で、夜もおちおち眠れなかった。そうは言っても……。

「お父っつぁん、あたし、ひとりじゃ」

一九は道具方に目を向けた。

「案内しろ」

「今すぐに、でございますか」

たった今、飲みはじめたばかりだ。道具方は未練がましく盃を握りしめている。余計なことを言ってしまったと、内心、舌打ちをしているにちがいない。

治兵衛はこの場の状況を素早く見てとった。道具方の耳元になにかささやく。一九に逆らうと厄介だから早く行け、とでも言ったのか。駄賃をはずむとつけ加えたのだろう。

道具方はへいへいとうなずいて盃を飲み干した。

「それではお嬢さん、参りやしょう」

「あ、待って」

舞はお栄の手首をつかんだ。

「一緒に行ってよ」

同じく酔ってはいても、絵が描けるだけ、えつよりはいくらかましである。

「やだね」

お栄が舞の手を振り払う。毎度のことだった。

「ねえ、もういっぺん頼むって、お栄さん言ったでしょ。こうなったらしかたがない。もういっぺんだけ、見せたげるからさ」

「ほんとッ。裸になるってかい」

「しッ」

お栄に懇願され、枕絵のために一度だけ裸になった。男女の絡みはすでに長屋の夫婦者に実演してもらっている。女房連の洗濯板のような胸や三段腹を舞の輝く裸身にすり換えるだけだから、相方はいない。とはいえあられもない格好は、湯屋で裸になるのとは大ちがい。お栄にとっては石ころも蛙も舞の裸も大差ないとわかっていても、顔から火が出るほど恥ずかしかった。二度はないからね、と宣言していたのだが……。

この際、やむをえない。

「なら行ってやるよ」

お栄はあわてて卵焼きを口へ詰め込んだ。

「尚武に会ったら、こっちも危篤だと言え」

一九が両手を泳がせながら、舞の背に声をかける。

「お父っつぁんが……」

「あっちは八、こっちは九、いや一と九で十。八助なんてェ野郎に負けてたまるか。

余所者《よそもの》の看病より師匠の看病が先だろうが」

一九の言うことはいつもながら支離滅裂だった。が、早くも八助に対抗意識を燃やしているのだろう。弟子をさらわれた気分になっているのか。

「ではお嬢さんがた、暗くならぬうちに、早《はよ》ういらしたほうがようがんすよ」

治兵衛に急き立《せ》てられて、舞とお栄、それに案内役の道具方は出立《しゅったつ》した。

二

江戸の三座といえば中村座、市村座、森田座だ。それぞれ日本橋の堺町と葺屋《ふきや》町《ちょう》、築地の木挽町にあった。

通油町の舞の家から木挽町へ行くには南へ下る。小網町を抜けて江戸橋を渡り、日本橋を抜けて京橋を渡り、新両替町から銀座町、尾張町の大通りを通って、三十間堀に架かる木挽橋を渡った東側一帯が木挽町五丁目だ。橋の上から、森田座の幟《のぼり》がにぎにぎしく立ち並んでいるのが見えた。

「八助さんは小屋の裏手の棟割長屋におります」

道具方が先に立って裏へまわり込もうとしたときだ。お栄があッと声をもらした。

「どうしたの」

舞もお栄の視線を追いかける。

大柄な男が背中をかがめ、森田座の鼠木戸をくぐるのが見えた。粗末な藍木綿に麻裏草履、耄《ほう》けた白髪は見まちがいようがない。

「北斎《ほくさい》先生だわッ」

舞が叫んだときにはもう、お栄は駆け出していた。

「お栄さん、お栄さんてば、ちょっとォ、どこ行くの」

お栄は振り向きもしない。鼠木戸をくぐって消えてしまった。

お栄の父親の葛飾《かつしか》北斎は、年がら年中、引っ越しをしている。本所亀沢町の榿《はんのき》馬場《ばば》の近くに家があるものの、そこにいることはめったになかった。そのため女房のおことは、近所に縁者がいる深川亀久町の小家で暮らし、お栄は舞の家に居候している。

勝手気ままな父親を、お栄は「馬鹿おやじ」だの「乞食おやじ」などとこきおろしていた。が、実際はだれよりも敬慕している。絵を描く以外、なににも関心を持たないところも、すこぶる付きの奇人であるところも、好一対の父娘だった。

ま、しかたないわね——。

舞はため息をついた。居所知れずの父親を久々に見つけたのだ。お栄が追いかけて行ってしまったのも無理はない。

「ええと、八助さんの家は……」

「今のお人をお待ちしなくてよろしいんで」

「お栄さん？　待ってたって無駄よ。戻って来るもんですか」

道具方に先導されて路地へ入る。

「こちらからみっつ日でございます」

ドブの臭いが鼻につく、うらぶれた長屋だった。一体こんなところで、尚武はなにをしているのか。神田明神祭の夜に知人とばったり出会い、追いかけて行った、というところまではわかる。知人が病に罹《かか》り、行きがかり上、看病をすることになったというのもわからないではなかったが、それならそうと、なぜ知らせをよこさないのか。

「あっしはこれで。なにかお困りでしたら、森田座で呼んでくだせえ」

道具方は長吉《ちょうきち》と名を言い置いて、そそくさと帰ってしまった。

舞は三軒目の戸口の前まで行き、中の物音に耳を澄ませる。かすかな寝息が聞こえた。八助か尚武か。戸に手をかけようとしたときだ。

「や、これは……舞どのではござらぬか」

聞き慣れた声がした。

路地の奥から尚武が近づいて来る。数軒先の家から出て来たのだろう。両手で湯気のたつ器を抱えていた。

「今井さまッ」

「久しいのう、息災でなにより」

少し痩せ、着物も薄汚れているが、相変わらず悠然とした口ぶりである。

「なにより……じゃないわよ。黙っていなくなるなんて。居候のくせに」

長閑《のどか》な顔が癇に障った。相討ちになったか、野垂れ死んだかと案じていたのだ。

舞は思わず声を荒らげる。

「ほう、舞どのに心配してもらえるとは思わなんだが」

「あ、あたしは別に、心配なんかするもんですか。お父っつぁんが心配して様子を見て来いって……」

「先生はどうしておられる」

「危篤ですッ」

「なるほど」

「なるほど……」

「危篤の先生が、様子を見て来るようにと仰せられたか」

「あっと……そうじゃなくて、お父っつぁんは危篤になる前に……」

「ま、いいから中へ入れ。ゆるりと話そう」

尚武に背中を押されて、舞は家の中へ入った。

棟割長屋の狭さは裏の六兵衛店でわかっている。が、饐《す》えたような臭いは六兵衛店にはないものだった。それにこの、澱《よど》んだ気配は……。

「すまぬのう。見てのとおり、病人がおるのだ」

尚武は煮物の入った器を、土間の片隅の瓶《かめ》の蓋の上にのせた。下駄を脱いでひと間きりの座敷へ上がる。

棟割長屋は背中合わせに家があるので、庭どころか明かり取りの窓さえなかった。三畳ほどの座敷いっぱいに夜具が敷かれ、人が寝ているのはわかったが、暗いので顔は見えない。森田座で雑用兼看板書きをしていたという八助だろう。

眠っているのをたしかめた上で、尚武は舞をうながし、並んで框《かまち》に腰をかけた。

「八助さん、ですね」

「よう知っとるの」

森田屋の道具方から聞いた話をすると、尚武は深々とため息をつく。

「花見か。うらやましいのう」

「なぜ帰らないのですか」

「帰りたいが……帰れぬのだ」

「八助さんの看病があるからですか」

「それもあるが……」

「お祭りの夜に出会ったのでしょう。八助さんは昔からのお知り合いなのですね」

「まあ、そんなとこだ」

「そんなとこって……。それほど大切なお人なのですか」

尚武は舞の目を見返した。

「むろん、大切な人だ。宿敵ゆえの」

「えッ、敵？　やっぱり八助さんが……」

舞は驚いて八助を見る。目が慣れてきたせいか、ぼんやり顔が見えた。

麹町の隠居と称する小田切家の老臣の話では、尚武の敵は一刀流の使い手であるばかりか、頭が切れ、男っぷりもよかったという。いぎたなく口を開け、こめかみをひくつかせながら眠りこけている老人に、その片鱗はない。

「はじめはおれも見過ごすところだった。が、駿府で何度か会うたことがある。ごまかされはせなんだ」

神田明神祭で見かけ、居所を探ろうとあとをつけた。祭の夜だから人でごったがえしている。それでなくても将軍上覧の大祭、町中で斬り合いはまずい。

しかも、相手は丸腰の老人だった。

「老いたりといえども剣の使い手だ。闇討ちではなく、正々堂々と名乗りを上げて敵討ちを挑みたい。夜が明けるのを待つことにした」

相手はまだ気づいていない。逃げられる心配はないはずだが、それでも用心して、近場の木賃宿でひと夜を過ごした。早朝、飛び起き、訪ねたところが……。

老人は土間で昏倒していた。厠《かわや》へでも行こうとして倒れたのか。

「ひと思いに斬って逃げることもできた。が、足下に倒れている老人を討ち果たすのではどうも寝覚めがわるい。しかも、この棟割長屋だ」

さぞや大騒動になるにちがいない。

案の定、呆然と眺めていると人が集まって来た。よもや敵討ちとは思わないから、だれもが尚武を遠方からはるばる訪ねて来た縁者だと思い込んでいる。やむなく長屋の住人と一緒に老人を床へ寝かせ、医者を呼んだり差配と相談したりしているうちに、敵討ちの機会を逸してしまった。

探しあぐねていた宿敵が、八助という偽名で森田屋にもぐり込んでいたことを知ったのもこのときだという。

「いつのまにか八助の縁者にさせられてしもうての。ま、それならいたしかたない。医者もじきによくなると言うたゆえ、回復するのを待って、果たし合いを挑むことにした」

見張りかたがた泊まり込んで看病したというから、物好きな話ではある。

「我が手で命を奪うために、我が手で看病をする。たしかに前代未聞。だが、回復してもらわねば、勝負はできぬ」

「それならそうと、どうして知らせてくださらなかったのですか。みんな心配してたのに」

「藪医者のせいだ。はじめは二、三日でようなると言われた。逃げられては元も子もない。張りついておったゆえ、使いを出せなんだ」

下手に使いを頼んで、長屋連中に素性を知られれば、大騒ぎになる。いずれ数日の辛抱なら、事を成し遂げてから知らせたほうがよい。

尚武の話にうなずきながらも、舞は思案顔になった。

「それだけではないのでしょう」

今になって思いついたことがある。

「今井さまは、お父っつぁんを、巻き込みたくなかったのではありませんか。敵討ちが、お父っつぁんにもかかわりのあることだから……」

尚武は目をみはった。鋭い視線を向けてくる。

「舞どのはどこまで知っておるのだ」

「お父っつぁんの生い立ち、今井さまのお父上のこと、小田切家のことも敵討ちのことも、麴町のご隠居さまからうかがいました」

「ふむ……。よかろう」

尚武は太い息を吐き出した。

「いかにも。舞どのの言うとおりだ。こやつはおれの父を返り討ちにした。親の敵討ちは御定法《ごじょうほう》だが、おれはお上の認可状を持たぬ。果たし合いをいたさば、こちらもおそらく腹を切ることになろう。先生にも火の粉が降りかかる」

すわ敵討ち、となれば、一九もじっとしてはいられまい。病を押してでも駆けつけて、結果を見届けようとするだろう。とばっちりを受けるかもしれない。

一九を巻き込みたくなかった、というのは本心にちがいない。それはともかく、舞はなおも訊ねた。

「なぜ、今井さまは認可状をお持ちではないのですか」

「む……」

「今井さまのお父上もあたしのお父っつぁんも、小田切家で、人に知られたくない仕事をしていたからでしょう。八助さんの悪事も公にはできないものだから……」

「舞どのッ」

「お父っつぁんがかかわれば騒ぎが広まる。小田切家の内情も知れ渡る」

一九は人気戯作者だ。小田切家とのつながりがもれれば厄介なことになる。使い込みか、商人との結託か、家臣間の政争か……旗本家内の事件は舞の知るところではなかったが、お家騒動に目を光らせている幕府なら見過ごしにはしないはずだ。

麹町の隠居は、はじめから尚武の敵討ちを私闘として終わらせるつもりだった。そのため軍資金は出したが、あとは知らぬ顔を決め込んだ。舞から尚武が一九の家に転がり込んでいると聞かされ、にわかに不安になったのだろう。くれぐれも一九を巻き込まぬようにと、尚武に言い含めた。

尚武は感嘆の声をもらした。

「さすがは先生の娘御だ。そこまでわかっておるなら話は早い。帰って、先生に伝えてくれ。出来損ないの弟子は、昔の恩人の看病にかまけて敵討ちを断念した……と」

「今井さまは、八助さんをほんとうに斬るおつもりですか」

舞は八助を見た。と、そこで息を呑む。

八助は目を開けていた。天井を見つめている。しわ深い顔にくっきりとした両眼が加わると、男っぷりがよかったという話もまんざら嘘ではないとわかった。ただし表情はうつろで、一人の話が耳に届いているようには見えない。

「八助さんは知ってるんですか、今井さまの素性を……」

声を落として訊ねた。

「むろん、知らぬ。知っておったら、看病などさせるものか」

「でも今の話は……」

「心配無用。八助は耳が遠い。聞こえてはおらぬわ」

言い終わらぬうちに、八助がうッうッと声をもらした。

尚武は即座に立ち上がる。

「水か。今、持っていってやるぞ」

大声を張り上げたところで、尚武は舞に苦笑した。

「長の看病で、八助のほしいものが言われなくてもわかるようになってしもうた。不甲斐ないとは思う。といって、ここで斬るわけにもゆかぬ。どうしたものかと頭を抱えておるところだ」

尚武は瓶から椀へ柄杓《ひしゃく》で水を移した。八助の枕辺へ行き、体を起こしてやる。八助は荒い息をつきながらも水を飲み干した。

実の父子のような光景を、舞は啞然とした顔で見つめる。木乃伊《みいら》とりが木乃伊になった。たしかに不甲斐ないとは思ったが、尚武を責める気にはなれなかった。病の老人は斬れぬ、弱き者は手にかけぬというのは、武士としても、人としても、尊いことではないか。

尚武は、隣家からもらってきた煮物を、ひとつふたつ八助の口に入れてやった。八助は旨そうに食べ、胸の前で両手を合わせた。

「寝汗をかいておるのう」

「あたしにおまかせください」

舞は井戸端から水を汲んできて、濡らした手拭いで八助の体を拭いてやった。悪臭がわずかながら和らぐ。

「どなたさんか、ご迷惑をおかけいたします」

舞に頭を下げた老人に、悪事を働いて主家を脱走し、追って来た尚武の父親を返り討ちにした悪漢の面影はない。では、八助は尚武のことをなんと思っているのかといえば、幼い頃、時あずかっていた縁戚の子供と勘ちがいしているようだった。

「彦五郎《ひこごろう》にまた会えるとは思わなんだ」

とか、

「ようもまあ大きゅうなって……わしも歳をとるわけじゃ」

などと、目を細めている。

早く事を為せ、とも、諦めて帰れ、とも言えず、舞は気がかりを残したままいとまを告げた。

「斬れますか、八助を」

長屋の木戸口まで送って来た尚武に、舞は訊ねる。病が癒えたとしても、情が移って敵討ちができなくなってしまうのではないか。そう案じたのだが……。

「回復いたさば斬る」

尚武はきっぱりと答えた。

「だまし討ちは好まぬ。剣士らしゅう死なせてやるのがせめてもの恩情、そのために看病しておるのだ」

認可状がないというなら、親の敵をとったあとは、自らも腹を切るつもりか。焦燥に駆られながらも、舞にはどうするすべもない。

「先生にはよしなに」

「わかりました」

武家の女なら、こんなとき「ご武運を」と言うのだろうが……。なにも言えぬまま、舞は通油町の我が家へ帰って行った。

三

「昔の恩人だと……」

一九はぎろりとにらんだ。

「尚武の恩人はこのおれだ」

「そうでしょうとも。けどお父っつぁん、駿府にいたとき世話になった人がいたとしてもおかしくはないでしょ。その恩人にばったり出会って、看病をしなければならなくなったんなら……」

「ふん。そんなことで敵討ちを断念するもんか」

「でもたしかに今井さまは……」

「うるさいッ、黙れッ、馬鹿、亀、めっぽう界、いけ腰抜け、仮病やみ……」

こうなると手がつけられない。

舞は両耳をふさいだ。好きなだけ怒鳴らせておけばいい。どんなに騒いだところで、一人で木挽町まで行けるはずがない。

それより尚武である。尚武は八助を成敗すると言っていた。病が回復すれば、即刻、果たし合い。待ちきれなくなって事を起こすことも、ないとは言えない。

どうしたら止められるのか。

敵討ちをさせないためには、八助がこのまま速やかに病死するよう願うほかない。わかっていても、老人の死を祈るのは気がひける。

「ねえ、もし、御狐様、なんとかしてくださいな。長いおつき合いじゃありませんか。いっぺんくらい、あたしの願い、叶えてくれてもバチは当たりませんよ」

いや、御狐様にバチは当たらない。バチを当てるのが御狐様なのだから。そんなことはどっちでもいいけれど……。

舞は朝日稲荷へ飛んで行って、御狐様に両手を合わせた。

花見の宴からひと夜明けた境内は閑散としている。作り物とはいえ『義経千本桜』の見事な桜を見たあととは、稲荷の老桜がなおのことみすぼらしく見えた。心なしか御狐様も顔色がわるい。

重苦しい胸を抱えて家へ戻るや、えつに呼び止められた。

「ちょいとねえ、今しがたお栄さんの使いが絵の道具を取りに来たよ」

「亀沢町へ戻るってんでしょ。そんなことだろうと思った」

お栄は北斎のあとを追いかけていったきり、帰っていない。

「まあ、家族そろって暮らすってんなら、それに越したことはないけどね。あの北斎先生のことだもの、今度はいつまでつづくやら」

引っ越し魔の北斎が、ひとところに腰を落ち着けるとは思えなかった。お栄もそれを承知の上で、だからこそ半年、いや、たとえひと月でも父のそばで絵を描こうとすっ飛んで行ったのだろう。

「お栄さんもなんだかいじらしいわね」

四角い顎と野太い眉の頑丈な顔を思い浮かべ、舞はしんみりとする。

そうそう、と、えつが言った。

「あんたに伝言があったっけ」

「伝言？」

「約束を忘れるな、早いとこ来いってさ」

裸になる話か。

「まッ、いけずうずうしいったら」

舞は眉をつり上げた。自分は勝手にどこかへ行ってしまったくせに、よくも約束などと言えたものだ。それもこっちへ来いとは……。

ぷりぷりしながら二階へ上がる。

昨日は花見だ木挽町だと忙しくて踊りの稽古に行けなかった。今日は休めない。このところ、舞は熱心に踊りの稽古をしていた。尚武の一件についても、家で悩んでいるより、稽古でもしていたほうが妙案が浮かびそうである。

支度をして階下へ下りた。出がけに一九の部屋を覗く。

「おっ母さん。お父っつぁんは？」

「さあ……そのへんにいるだろ」

そのへんを探してみたが、いない。

「いないわよ」

「どうせ遠くにゃ行けないし、稲荷か会所か、でなきゃ裏店じゃないかえ」

ひどく怒っていたのが気にかかる。稲荷と会所と裏店を探してみた。が、やっぱりどこにもいない。

「汐見橋の方へ行ったよ」

長屋の住人が教えてくれた。舞ははっと目をみはる。

一九の足では木挽町まで歩けない。が、舟で行けばわけもない。問題は舟賃だが、腐っても鯛で、この界隈ではまだ人気戯作者として顔が知られていた。森屋や蔦屋に肩代わりさせると言えば、二つ返事で乗せてくれる船頭がいるかもしれない。

一九は木挽町へ行ったのではないか。そうにちがいない。

舞は血相を変えた。

「おっ母さん、木挽町へ出かけるわよ」

「あれ、踊りの稽古はいいのかい」

「よかないわ。よかないけど、お父っつぁんを止めなきゃ。人二人……もしかしたら三人の命がかかってるんだもの、こうしちゃいられない」

「なんだか知らないけど、あんたもせっかちな子だねえ」

えつは大あくびをしている。説明をする間も惜しんで、舞は家を飛び出した。

通油町から木挽町までは四分の三里ほど、女の足でも半刻（一時間）あれば行ける。足の丈夫な舞なら、舟賃のなんのと言っているより歩いたほうが早そうだった。

昨日と同じ道のりを、舞は早足で歩きとおした。

八助の住まいは森田座で訊ねればわかる。一九はとうに着いているはずだ。一九と尚武と八助、三人が顔をつき合わせてなにを話しているのか、舞には想像もつかなかった。間に合えばよいが、もしや……。不安と懼《おそ》れで動悸がしている。

木挽橋を渡り終え、森田座が見えたところで、ざわめきが聞こえた。はじめは芝居小屋の中から聞こえてくるのかと思った。が、そうではない。裏の路地からである。それも、由々しい事件が起こって騒いでいるといった様子ではなかった。笑い声や歓声、囃したてる声などが混じり合った、にぎやかなざわめきだ。

もしや花見？　まさか――。

見渡したところ花はない。もっとも、森田座の裏長屋である。書き割りの桜で花見、ということも……。

けげんな顔で、舞は路地へ駆け込む。

八助の家の前に長屋の住人が群れていた。ざわめきは家の中から聞こえてくる。

「やっぱりお父っつぁんだッ」

一九と尚武、奇人が二人そろえば、なにが起こってもふしぎはなかった。

「なんの騒ぎですか」

最後列の女に訊いてみる。

「飲み比べさ」

こめかみに飯粒を貼りつけた女は、おかしそうに身をよじった。

女の話では、得体の知れない老人が突然あらわれ、どう言いくるめたのか、森田座から四斗樽を運び込ませた。病払いの景気づけだと言って、看病をしていた浪人者に無理やり相手をさせ、飲み比べをはじめた。狭い家である。八助の枕辺の両側にあぐらをかいて、二人は飲む。大盃でぐびぐび飲む。なにごとかと集まった住人たちが、これは愉快と囃したてる。老人が盃を干せば大歓声。浪人が飲み干せば大拍手。このときとばかり、お相伴にあずかるちゃっかり者もいたりして……。

当の二人は真剣そのものだ。次から次へと飲み干すうちに、どうしたことか、八助がむくりと身を起こした。

「えッ、病人が……」

「いいから見てごらんな」

女は太い腕で野次馬をかき分けた。押し出されて、舞は最前列へ躍り出る。

目をらんらんと光らせ、両手で大盃を掲げて、八助が一気に酒を飲み干したところだった。割れんばかりの大喝采。八助はどうだとばかり、一九をぐいとにらみ、尚武を凝視する。

　これがあの、尚武に水を飲ませてもらっていた老病人か。仮病だったかと疑いたくなるほど、見事な飲みっぷりである。

　野次馬のはしゃぎぶりとは裏腹に、舞は張り詰めた気配を感じた。一九はいったい、なにを企んでいるのか。

　声をかけようとしたときである。一九がよろよろと立ち上がった。

「酔った、よたよた、芝居の酒で……」

　身振り手振りよろしく、ひょうきんな踊りを披露する。といっても狭いから、あっちへぶつかり、こっちへよろめき、そのたびに大笑いである。

　舞は凍りついた。今や、一九の意図は明白だった。踊りながら、ふところに突っ込んだ右手が短刀の柄《つか》を握っている。そう。一九はひと目で八助の正体を見破った。だから飲み比べを思いついた。尚武が敵討ちをする前に、自分で事を為そうとしているのだろう。酔っぱらった老人がもののはずみで八助を突き殺してしまったというなら、小田切家も尚武も安泰である。

　一九は短刀を振りかざした。

「オオ、死にとうないはず。もっともだ。おれもおれを可愛がる親父がいとしい。

コレ、あきらめて死んでくだされ。口で言えば人が聞く。心の中でお念仏……」

大仰な芝居ぶりをしながら一九が口にしたのは、若い頃にあこがれていたという近松門左衛門《ちかまつもんざえもん》作『女殺油地獄《おんなごろしあぶらのじごく》』の一節である。

あッと叫んだ舞より早く、一九に飛びついた者がいた。尚武だ。尚武も一九の企みに気づいたのだ。

「危ないッ」

「放せッ」

「やめろッ」

「どきやがれッ」

二人は揉み合う。勢いで野次馬が押し出され、あちこちで悲鳴が上がり、なにがなにやらわからなくなったそのときだった。

「大変だッ。見ろ、八助さんが……」

だれかが叫んだ。

一同はいっせいに振り向く。

八助は、大盃に顔を突っ込むような格好で倒れていた。すでに事切れているのか、駆け寄った人々が名を呼び助け起こそうとしても微動だにしない。

そもそもが病身である。大酒で命をちぢめたようにも見えたが、盃に残った酒が濁っていた。八助の手の中に丸めた油紙がある。死に顔にも尋常ならざる斑点が浮かんでいた。

思わぬ事のなりゆきに、舞も一九も尚武も、長屋の人々も凍りつく。

差配が駆けつけ、大家が呼ばれ、なじみの番太郎がやって来て、八助は病死――との触れがまわった。大方、大家が番太郎に鼻薬を利かせたのだろうが、異を唱える者はいなかった。長屋連中にしても、お上の詮議など迷惑しごくである。

「神棚にこんなもんが……」

差配が封書を見つけた。

いつ置いたのか、それより八助は、いつからこんなものを用意していたのか。

「彦五郎殿」と書かれた宛名は墨の棒線で消され、その横に同じ筆跡で「今井尚武殿」と書かれている。封書の中に文はなく、代わりに小判が三枚入っていた。

四

「チチテントンシャン、チチテントンシャン……」

舞は口三味線で踊りの振りをさらっていた。

勘弥姐《かんやねえ》さんは若い情夫を追い出した。来春には日本橋の大店、呉服屋の後妻におさまるとやら。今年いっぱいで踊りの師匠を辞め、舞に名跡を継がせようとしている。

一九の衰弱を思えば、願ってもない話だった。ただしそれは、舞が今後も働いて一家の暮らしを支えてゆく、ということである。

あーあ、玉の輿は夢のまた夢か——。

旗本家から声がかかるほどの美貌も、このままでは宝の持ち腐れになってしまう。少し前まで、舞は小町娘ともて囃されていい気になっていた。自分も浅はかだったが、それ以上に恨めしいのは一九である。一九が縁談をことごとくつぶしてしまった。

お父っつぁんときたら、娘を嫁かず後家にするつもりか。それともあの、厚かましい居候と、本気で夫婦にしたいのか。

噂をすれば影。尚武を思ったとたん、階段を上がって来る足音がした。

「よう、精が出るの」

厚顔がぬっと覗く。

「えええ、精が出ますとも。お父っつぁんのせいで、森屋さんのお座敷に出なきゃならないんですよ。元をただせば、どなたさんのおかげでしょうかね」

「舟賃と四斗樽の酒代か」

「森屋さんには当分、頭が上がりません」

木挽町で散財した費用を、一九は錦森堂に肩代わりさせた。治兵衛ははいはいと快く引き受けたが、引き替えに、宴席での座興を頼んできた。舞はタダ働きである。

「すまんのう。こんなことなら、八助の金子《きんす》から森屋へ払う分を抜いておくのだった」

「そうですよ。せっかくもらったものを、なにもそっくり返さなくたって」

八助は尚武の正体を見抜いた。重病だというのも、耳が遠いというのも、偽りではなかったか。尚武が今井某の倅であること、敵討ちのために自分の看病をしていることに気づいていながら、労を惜しまず世話をする尚武に心を動かされた。果たし合いになれば尚武にも累が及ぶ。いつの頃からか、八助は自らの手で己の生涯に幕を下ろす覚悟を決め、機会をうかがっていたにちがいない。そこへ一九がやって来た。むろん、一九がだれか、わからぬはずがない。一九の意図を汲んだ上で、今こそ毒を飲むときだと決意したのだろう。長年こつこつと貯めた金子を尚武に遺したのは、看病をしてくれた礼だけでなく、正々堂々と闘ってやれなかった詫びのつもりか。

その金子を、尚武は麴町の隠居に渡してしまった。敵討ちの軍資金をもらってい る。敵討ちができなくなったからには、軍資金も返さなければならぬ、というのが、尚武の考えだった。

「敵《かたき》はとれなんだ。元手ばかりもらいっぱなし、というのでは肩身が狭い」

「へぇえ、ずいぶん律儀なことをおっしゃいますねえ。他人の家に長々と居候して、飲むわ食うわ、厄介をかけっぱなし、というのは肩身が狭くないんですか」

尚武が行方知れずになったときは心底、不安に駆られた。夜も眠れなかった。敵と寝食を共にしていると知ったあとは、どれほどはらはらしたか。

病の老人は討てぬと悩む尚武、敵と知りつつ看病に励む尚武、未練《おし》げもなく小判を返してしまった尚武……実のところ、舞は尚武を見直していた。尚武はただの奇人ではない。それを言うなら一九だって……。

心ではそう思っていても、面と向かうと、つい、いつもの調子が出てしまう。

舞はつんと顎を上げた。

「あたしだったらね、真っ先に、大恩ある師匠一家のために役立てようと考えますよ」

「さようなことをすれば、先生に水くさいと叱られよう」

「水くさい、ですって……」

「身内はあとまわしだ」

「身内？」

「いかにも。敵討ちも無《の》うなった。これで、晴れて舞どのの婿になれる」

「まだそんなことを……」

とんでもないッ、と切り返そうとしたものの、なぜか尻切れトンボ。

——毒をくらわば皿まで。

ふっと八助絶命の場面が浮かんだ。ここまできたら、いっそ奇人の女房になってしまおうか。自棄《やけ》とも諦めともつかぬ思いがよぎる。

だめだめだめ——。

舞は頭を振り立てた。お栄が家へ帰ってくれたので、やっと奇人が一人減った。一九は父親だ、終生の腐れ縁である。そこへまた尚武が加わればどうなるか。夫婦は二世の縁というから、舞はあの世までも奇人につきまとわれることになる。

「金子のことなら心配は無用」

舞の思いをよそに、尚武は目くばせをした。

「麹町の隠居が仰せになられた。とりあえず受け取っておくが、そのほうと舞どのの祝言には、わしからの祝儀として届けよう、と」

「ちょっと、勝手に決めないでちょうだい。お父っつぁんが言ってるだけで、あたしは承知しちゃいませんからね」

舞は地団駄を踏む。

「わかったわかった。ま、そういきり立つな」

尚武は両手のひらを見せてあとずさった。

「それはともかく、稽古を終えたら、両国橋まで行ってみようではないか」

「なにをしに？」

「なに、ということもないが……。屋形船も増えた。見世もにぎわっている。空は快晴、筑波も富士もよう見える」

要するに、尚武は舞を散策に誘おうとしているのだ。

舞は忍び笑いをもらした。断ろうと思いつつ、その前に、散策をする気になっている。新緑の美しい季節だ。両国橋の上から眺める川面も、緑の影を映して、さぞや華やいでいるにちがいない。

「そうねえ……」

行きましょうと言いかけたとき、一九の呼び声が聞こえた。

「尚武、どこにおる。早う墨を磨《す》ってくれーぃ」

と、その声に負けじとばかり、

「舞ーッ。ちょいとォ、下りて来とくれ」

えつが呼び立てた。

舞と尚武は顔を見合わせる。

「ぐずぐずしておるゆえこういうことになる」

「いいわ。聞こえないふりして、行っちゃいましょ」

悪戯を企てる子供のように、二人は首をすくめ、足音を忍ばせて階段を下りた。

一九とえつに見つからぬよう、身をこごめて玄関へ出る。

そこまでだった。

玄関にお栄がいた。大荷物を抱えている。

「どうしたってのッ」

お栄は、いつになくしおらしく頭を下げた。

「そんなら、北斎先生は……」

「出てった」

「だって、まだ十日も経《た》たないわよ」

「一度言やわかるだろ」

お栄は上目づかいに舞をにらんだ。

「それで、戻って来たってわけ？」

「そ」

「また、ここに住むの？」

「そ」

「あたしの部屋に？」

「そ」

ほら、手伝って……と、お栄は舞の腕に風呂敷包みを押しつけた。まるで我が家のごとく、威張って上がり込む。

「なんだ、そこにいたのかい。お栄さんの荷物、見てやっとくれよ」

台所からえつが声をかけてきた。言われるまでもない。もう持たされている。

「おう、尚武、なにしとる。早うせい」

一九ががなりたてた。声がはずんでいるのは、お気に入りの弟子が戻って来たからだろう。

　舞は観念した。

「両国橋がなくなるわけじゃなし……」

「うむ、またにするか」

　尚武は肩をすくめ、一九のもとへ向かう。舞も荷物を抱え、お栄のあとに従う。

　やっぱり奇人は三人。

「奇人気まぐれきりきり舞い……」

　またもやはじまる騒動を想って、舞は、せめて少しでも災いが小さく済むようにと、おまじないを唱えた。

解説

菅野《かんの》俊輔《しゅんすけ》
（江戸文化研究家）

本書『きりきり舞い』は、江戸とよばれていた一八〇年ほどむかしの東京を舞台にしています。元号でいうと文政年間になりますが、その前の文化年間とあわせてよばれる「化政文化」の時代の後半にあたっています。江戸前の蒲焼（うなぎ）や天ぷら、すしなど、現在おなじみの和食を屋台で安価に食べることができ、横丁では落語家などが出演する寄席が人気を集めており、現在の宝くじにあたる富くじ（富突き）に夢を託すなど、江戸っ子庶民が生き生きと楽しく暮らしていた時代です。江戸っ子は「宵越しの銭は持たねえ」を信条としながら、物をたいせつにするエコノミーでエコロジーな生活をおくっていたのです。

主人公の舞《まい》は十八歳になったこともあり、継母と父の三人暮らしのなかで、結婚を考えています。父は、有名な作家（戯作者）で、弥次《やじ》さん・喜多《きた》さんの珍道中で有名な滑稽本『東海道中膝栗毛《とうかいどうちゅうひざくりげ》』を書いた十返舎一九《じっぺんしゃいっく》です。ある日、一九を訪ねて故郷の駿河（いまの静岡県）からやってきた若い浪人者が弟子として住みつくようになり、四人になりますが、舞は何となく気にいりません。さらに、ときどきわけありで舞の家にあらわれ、居候《いそうろう》となる、少し年上のお栄《えい》という女性がいます。二人のかみあわない会話はユーモラスでとても素敵です。お栄は絵師で、父は「富《ふ》嶽三十六景《がくさんじゆうろつけい》」などたくさんの作品をのこした絵師の葛飾北斎《かつしかほくさい》です。

舞は自立を考えて踊を習っています。先生は「藤間流の名取りの勘弥《かんや》姐さん」です。当時、踊は人気があり、武家や町人（庶民）をとわず、習う人が多かったようです。踊に関するエピソードを紹介しましょう。舞が手習いに通っていたころ（文化年間）にさかのぼりますが、父の一九と親交があり、人気を二分していたといわれる作家の式亭三馬《しきていさんば》が書いた滑稽本『浮世風呂《うきよぶろ》』の三編（女風呂）に載《の》っている話です。

八ッ（午後二時ころ）に手習いから帰ってきてお風呂屋（湯屋）にやってきた十歳か十一歳ぐらいの女の子二人のおしゃべりの話題が習いごとになります。ひとりが、朝起きるとすぐに手習所に行き、机を並べてから三味線のお師さん（師匠）のとこで朝稽古をしたあと、ようやく朝食となり、食後に踊の稽古を済ましてから手習いにまわる、と言います。さらに続けて、お風呂を出たらすぐに琴のお師さんのもとに通い、帰って三味線と踊のおさらいをしてから少し遊び、日が暮れたら琴のおさらいをする、と一気にしゃべります。これを聞いた友だちは、自分は病身のため、手習い以外の習いごとは三味線だけで、お婆さんの言い付けでたまに縫物（裁縫）をするぐらい、と遠慮がちに語っています。

一九世紀の女の子は「読み・書き」の手習いに通いながら、可能なかぎり習いごとをしていたことがわかります。理由については、最初の女の子の続きのことばに「御奉公に出る為の稽古」とあります。「御奉公」とは何でしょうか？　大きな商家への奉公とも思われますが、ここでは大名家や旗本（幕臣）など武家屋敷への勤めのことをいっています。奥様など女性の空間への勤めなので「奥奉公」ともいいます。当時の「奥奉公楽雙六《おくほうこうたのしみすごろく》」や「奥奉公出世雙六《おくほうこうしゅっせすごろく》」を見ると、面接試験にあたる「御目見《おめみえ》」では女の子が琴を奏でており、ほかの場面でも踊や三味線を弾いている絵が目につきます。どうやら、武家屋敷への奉公は、琴や踊、三味線などの芸ごとに習熟していると面接試験に通りやすく、のちの「出世」などにも都合がよいということがうかがえます。

踊に関しては、同じ『浮世風呂』三編に、さらに驚きの話があります。九歳の女の子なのですが、踊の筋がよいので六歳の秋から乳母付きで武家屋敷に奉公し、いまは「お宿下り」で三日ほど実家に帰っているけれど、まもなく御屋敷にもどるといいます。踊には、このような便法があったのです。もちろん、まだ幼いため、屋敷に勤める奥女中の部屋子にすぎません。踊を習いながら奉公に慣れるようがんばっているのでしょう。この師匠は「藤間さん」とあります。藤間流を習う舞も、手習いと同時に踊をはじめていたら、このようなチャンスがあったのかもしれません。小町娘ということを思えば、縁談は早くにおとずれたことでしょう。それにしても、一九世紀の女の子たちがあれこれと習いごとをしているということは、女の子の師匠は女性ですから、江戸には手習いをはじめ、いろいろな女性の師匠がいたことになります。

舞は、十八歳（本書のはじまり）のとき、結婚してもよい、と思う男性にであいますが、父に話をこわされてしまい、この結婚をあきらめます。新年になると十九歳ですから、何とか二十歳前にと思い、第一希望の武家なら側室でもかまわない、とまで思いつめるようになります。辛いなことに、大晦日に勘弥姐さんから期待できるよい話があり、新年には晴れやかな気分で踊指南のため麴町の旗本屋敷に通うようになります。でも、今回も父にこわされてしまいます。実は、父には武家屋敷への奉公を望まない〝秘話〟があったのです。結局、舞は二十歳をむかえてしまいます。縁談をあきらめたかのように結婚の話はでてきませんが、父の弟子と称して居候同然の若い浪人者の秘めた話、敵《かたき》討ちが急展開で落着したことから、二人の関係が変化していきます。最後の短編での急接近を思うと、二人は……ハッピーエンドかな？　と思えるのですが。

おや？　本書の時代背景を書くために筆をとったのですが、いつのまにか舞の足跡を追ってしまいました。私は、資料のなかに江戸文化の事象をあれこれと調べているのですが、調べたことを江戸の地図におとしてみると、小さな「点」がいくつかできるだけで、なかなか「線」になりません。でも、村上豊さんの絵を装丁に用いた本書単行本を手に取ったときから、あっというまに「線」から「面」になるうれしい事態にであっています。それにとどまらず、三次元のイメージをもつことができるようになり、しかも納得できる内容なのです……（ちょっとあわて気味に）話を時代背景にもどしましょう。

江戸時代は、一七世紀初頭の江戸幕府の成立（開府）から、元号が明治に変わる一九世紀の後半の慶応年間まで、何と二六〇年以上の長きにわたって「泰平（太平）」が続いた世界史にもまれな時代です。しかも、公方様《くぼうさま》（徳川将軍家）の城下町となった江戸は政治都市として首都機能をもつようになり、千年の歴史を秘めた京は伝統文化の古都、そして「天下の台所」とよばれた商都の大坂（明治になると「大阪」に変わります）は経済都市と、機能分担したかたちのままで推移します。それゆえでしょうか、江戸と京・大坂は繁華な大都会として「三都」とよばれています。

江戸は一八世紀初頭に、百万都市になります。京・大坂とは違い、公方様の御城を中心に大名や旗本・御家人など武家の居住地が六割の面積をしめ、五十万の人口を擁しています。他方、庶民（町人）人口も五十万を超えていますが、町人地は二割ほどです（のこりは寺社空間）。この狭いともいえる空間に住むことを余儀なくされたため、京の町にならって造られた町のありかたに工夫がくわえられています。道路に面した四方を表店とし、住居を兼ねた商家とします。そして、その内側を裏店とし、魚屋など棒手振りとよばれる行商人や大工に代表される職人などさまざまな職種を生業とする庶民の居住空間としたのです。

新興都市の江戸は、建設をになう働き手が求められたため、極端に男性の多い町としてスタートしましたが、一五〇年以上経過した一九世紀になると、男女の数の差も縮まります。当然、結婚して家族で暮らす人が多くなります。住居も変化し、広さは九尺二間（六畳ほど）あるいは少し広い二間四方（八畳ほど）としても、二階建てになっていることが文化年間の資料から推測が可能です。裏店には、おかみさんなど女性の姿が目立つようになり「井戸端会議」が一日のはじまりとなるのはそのあらわれです。

文化十一年（一八一四）に出版された一九の『膝栗毛発端』の挿絵に、弥次さんの住む神田八丁堀の裏店での興味深い会話が載っています。井戸端で洗濯中のおかみさんが、家々から出てくる女性に向かって「さあ〳〵いつものとをり人のうはさのはじまり〳〵」と声をかけます。おかみさんたちの朝は忙しく、炊事・掃除・洗濯と家事をおこなわなければなりません。それゆえ、さいごの洗濯が、情報交換の楽しいひとときの場となったのです。

江戸に、黄表紙や錦絵など、固有の文化が起こるのは一八世紀後半のことです。ピーク時の元号を冠した「天明文化」の渦中にいたのは、武士と町人でした。例示してみましょう。黄表紙の恋川春町《こいかわはるまち》は大名家の留守居役、洒落本の山東京伝《さんとうきょうでん》は京橋の薬種・煙草屋、狂歌の大田南畝《おおたなんぽ》は幕臣（直参御家人）、川柳の柄井川柳《からいせんりゅう》は浅草の町名主、そして出版・流通・販売をになう地本問屋耕書堂の蔦屋重三郎《つたやじゅうざぶろう》は遊里に生まれた町人、といった具合です。舞の父の十返舎一九（地方の武士出身）や、お栄の父の葛飾北斎（町人）は、第二世代になります。この天明文化は、寛政の改革で、変容を余儀なくされてしまいます。

でも、ひとたび起こった文化の火種は消えません。一九世紀初頭の享和二年（一八〇二）に、折からの旅行ブームを受けて出版された一九の滑稽本『浮世道中膝栗毛』（のちに『東海道中膝栗毛』と改題）初編がベストセラーになります。化政文化のはじまりです。以降、滑稽本（式亭三馬の『浮世風呂』や『浮世床』など）のほか、読本（曲亭馬琴《きょくていばきん》の『南総里見八犬伝』など）や人情本（為永春水《ためながしゅんすい》の『春《しゅん》色梅児誉美《しょくうめごよみ》』など）、絵草紙の合巻（柳亭種彦《りゅうていたねひこ》の『偐紫田舎源氏《にせむらさきいなかげんじ》』など）が次々に刊行され、改革のゆるみによってふたたび出版文化が興隆したのです。

一九世紀の出版文化には特徴が二つあります。一つは、出版社（地本問屋）と読者のあいだにたくさんの貸本屋がいたことです。裏店の路地まで行商にやってくる貸本屋の存在は、読書熱をあおり、読書が夜など余暇の定番になり、女性読者が大幅に増える効果をもたらします。文化・文政の出版文化をになったのは貸本屋と女性読者といっても過言ではないと思います。もう一つは、専業（原稿料）作家の登場です。前代の作家は、町人（庶民）の場合、生業をもっています。たとえば、山東京伝は京橋で薬種・煙草の商家を経営しています。式亭三馬も、本町で化粧品を商っています。これに対して、一九や馬琴は原稿料で生計をたてる専業作家です。

印税のない時代ですから、二人とも、再版の有無にかかわらず、本を出し続ける必要がありました。この点で、ベストセラーはありがたいといえます。新刊の出版は一年に一度、お正月にかぎられていましたから、ベストセラー作品の続編は翌年の刊行になり、結果としてロングセラーになる可能性があったからです。『膝栗毛』も、本書の話がはじまる年、一九が五十八歳の文政五年（一八二二）まで書き続けられています。でも、翌年は、前年から悪化していた中風のためのようですが、著作がないことから、家計は大変だったことと思われます。舞が十九歳の年のことです。

舞とお栄のその後が気になりますので少しだけふれてみましょう。一九は、九年後の天保二年（一八三一）に、六十七歳で亡くなります。舞は、踊（の師匠）を続けながら、父親のめんどうをみたとされています。また、引っ越しを繰り返す北斎は、嘉永二年（一八四九）に享年九十の長寿で没しています。お栄は、絵師として葛飾応為《かつしかおうい》と号し、活躍していますが（作品がのこっています）ので、やはり父親の近くにいたことと思われます。もう一人の奇人にふれましょう。曲亭馬琴は、晩年に失明しますが、早世した長男の嫁、路《みち》の協力を得て超ロングセラーの読本『南総里見八犬伝』を書き上げるなど著作活動を続けており、八十二歳の天寿をまっとうして嘉永元年（一八四八）に死去します。化政文化の渦中にいた奇人の二人は偶然にも娘や嫁にみとられて生涯を終えた可能性が指摘できます。同時に、一九世紀の老人介護の問題が新たに浮上してきますが、自立した娘や嫁など女性の協力があったことを思うと、社会問題にはならなかったような気がします。

参考文献

「十返舎一九という人物」　岡部雨彦
「十返舎一九の奇行伝説」　平野日出雄
「十返舎一九と小田切土佐守」　山内政三
※以上は、「静岡の文化」42号　特集　十返舎一九の世界　㈲静岡出版より
「木村文庫」（木村豊次郎氏が蒐集された十返舎一九作品のコレクション・静岡市立中央図書館所蔵）
『池田みち子の東海道中膝栗毛』池田みち子　集英社
『十返舎一九研究』中山尚夫　おうふう
『笑いの戯作者　十返舎一九』棚橋正博　新典社
「滑稽作家　十返舎一九」　飯塚采薇
「十返舎一九と東海道中膝栗毛」　篠原旭

駿府十返舎一九研究会副会長の郷土史家・篠原旭氏には十返舎一九について多くのご教示をいただきました。謹んで御礼申し上げます。

（著者）

初出　小説宝石（光文社刊）
奇人がいっぱい　二〇〇七年一〇月号
ああ、大晦日！　二〇〇八年一月号
よりにもよって　二〇〇八年四月号
くたびれ儲け　二〇〇八年七月号
飛んで火に入る　二〇〇八年一〇月号
逃がした魚　二〇〇九年一月号
毒を食らわば　二〇〇九年四月号

二〇〇九年九月　光文社刊

光文社文庫

きりきり舞《ま》い

著者　諸《もろ》田《た》玲《れい》子《こ》

2012年1月20日　初版1刷発行
2022年2月25日　5刷発行

発行者　鈴木広和
印刷　萩原印刷
製本　ナショナル製本

発行所　株式会社 光文社
〒112-8011　東京都文京区音羽1-16-6
電話 (03)5395-8149　編集部
8116　書籍販売部
8125　業務部

ISBN978-4-334-76350-3　Printed in Japan

組版　萩原印刷

光文社時代小説文庫　好評既刊

巡る桜　知野みさき
つなぐ鞠　知野みさき
駆ける百合　知野みさき
しのぶ彼岸花　知野みさき
読売屋天一郎　辻堂魁
冬のやんま　辻堂魁
倅の了見　辻堂魁
向島綺譚　辻堂魁
笑う鬼　辻堂魁
千金の街　辻堂魁
夜叉萬同心　冬かげろう　辻堂魁
夜叉萬同心　冥途の別れ橋　辻堂魁
夜叉萬同心　親子坂　辻堂魁
夜叉萬同心　藍より出でて　辻堂魁
夜叉萬同心　もどり途　辻堂魁
夜叉萬同心　本所の女　辻堂魁
夜叉萬同心　風雪挽歌　辻堂魁

夜叉萬同心　お蝶と吉次　辻堂魁
ちみどろ砂絵　くらやみ砂絵　都筑道夫
からくり砂絵　あやかし砂絵　都筑道夫
臨時廻り同心　山本市兵衛　藤堂房良
霞の衣　藤堂房良
赤猫　藤堂房良
死笛　鳥羽亮
秘剣水車　鳥羽亮
妖剣鳥尾　鳥羽亮
鬼剣蜻蜓　鳥羽亮
死顔　鳥羽亮
剛剣馬庭　鳥羽亮
奇剣柳剛　鳥羽亮
幻剣双猿　鳥羽亮
斬鬼嗤う　鳥羽亮
斬奸一閃　鳥羽亮
あやかし飛燕　鳥羽亮

光文社時代小説文庫　好評既刊

陰謀奉行　早見俊
唐渡り花　早見俊
心の一方　早見俊
偽の仇討　早見俊
踊る小判　早見俊
お蔭騒動　早見俊
夕まぐれ江戸小景　平岩弓枝監修
口入屋賢之丞、江戸を奔る　平谷美樹
隠密旗本　福原俊彦
隠密旗本　荒事役者　福原俊彦
隠密旗本　本意にあらず　福原俊彦
彼岸花の女　藤井邦夫
田沼の置文　藤井邦夫
隠れ切支丹　藤井邦夫
河内山異聞　藤井邦夫
政宗の密書　藤井邦夫
家光の陰謀　藤井邦夫

百万石遺聞　藤井邦夫
忠臣蔵秘説　藤井邦夫
御刀番　左京之介　妖刀始末　藤井邦夫
来国俊　藤井邦夫
数珠丸恒次　藤井邦夫
虎徹入道　藤井邦夫
五郎正宗　藤井邦夫
備前長船　藤井邦夫
九字兼定　藤井邦夫
関の孫六　藤井邦夫
井上真改　藤井邦夫
小夜左文字　藤井邦夫
無銘刀　藤井邦夫
正雪の埋蔵金　藤井邦夫
出入物吟味人　藤井邦夫
阿修羅の微笑　藤井邦夫
将軍家の血筋　藤井邦夫

光文社時代小説文庫　好評既刊

きりきり舞い　諸田玲子
相も変わらず　きりきり舞い　諸田玲子
信長様はもういない　谷津矢車
だいこん　山本一力
つばき　山本一力
御家人風来抄　天は長く　六道　慧
月の牙　決定版　和久田正明
風の牙　決定版　和久田正明
火の牙　決定版　和久田正明
夜の牙　決定版　和久田正明
鬼の牙　決定版　和久田正明
炎の牙　決定版　和久田正明
氷の牙　決定版　和久田正明
紅の牙　決定版　和久田正明
妖の牙　決定版　和久田正明
海の牙　決定版　和久田正明
魔性の牙　決定版　和久田正明
狼の牙　和久田正明